La fuerza de la pasión

Helen Brooks

Bianca™

HARLEQUIN™

Editado por HARLEQUIN IBÉRICA, S.A.
Hermosilla, 21
28001 Madrid

LA FUERZA DE LA PASIÓN, Nº 1799 - 28.11.07
Título original: The Billionaire's Marriage Mission
Publicada originalmente por Mills & Boon®, Ltd., Londres.

I.S.B.N.: 978-84-671-5542-6
Depósito legal: B-43133-2007
Editor responsable: Luis Pugni
Composición: M.T. Color & Diseño, S.L.
C/. Colquide, 6 - portal 2-3° H, 28230 Las Rozas (Madrid)
Fotomecánica: PREIMPRESIÓN 2000
C/. Algorta, 33. 28019 Madrid
Impresión y encuadernación: LITOGRAFÍA ROSÉS, S.A.
C/. Energía, 11. 08850 Gavá (Barcelona)
Fecha impresion para Argentina: 26.5.08
Distribuidor exclusivo para España: LOGISTA
Distribuidor para México: CODIPLYRSA
Distribuidores para Argentina: interior, BERTRAN, S.A.C. Vélez Sársfield, 1950. Cap. Fed./ Buenos Aires y Gran Buenos Aires, VACCARO SÁNCHEZ y Cía, S.A.
Distribuidor para Chile: DISTRIBUIDORA ALFA, S.A.

Capítulo 1

EL suave sonido de la puerta al cerrarse se convirtió en un trueno en los oídos de Beth Marton. Se quedó rígida sin poderlo creer, después se dio la vuelta con cautela y empujó la firme madera. Por supuesto, ni se movió. Lo intentó con el picaporte y tampoco.

–Oh, no, no –empujo más fuerte esa vez aunque sabía que no tenía sentido.

Si hubiera sido en su piso de Londres no hubiera tenido importancia, al menos podría haber recurrido a algún vecino para que llamara a su hermana que tenía una copia de las llaves. Pero no estaba en Londres...

Se miró y se dio cuenta de que estaba vestida con un pijama rosa chicle. La noche oscura y ventosa no era una muy buena perspectiva. El pronóstico era de lluvia.

Cuando una fría nariz le rozó la mano, bajó la vista y se fijó en el perro que la miraba con ojos impacientes.

–Lo sé, lo sé –murmuró–. Estamos fuera y tu cena está dentro, pero has sido tú el que ha insistido en salir a hacer tus cosas hace un minuto.

Y había sido ella la que había seguido a Harvey con la linterna para asegurarse de que no desaparecería en la oscuridad. Había sido un estupidez teniendo en cuenta que era la hora de la cena, el momento favorito del día para Harvey, y que tampoco había ningún sitio al que pudiera irse. El jardín que rodeaba la casita de campo que había alquilado estaba protegido por un buena cerca.

El olor a humo que le trajo un golpe de viento le recordó que hacía un momento que había encendido el fuego en la sala de estar y que no había colocado la malla de protección.

Nerviosa corrió a dar una vuelta alrededor de la casa para ver si había alguna ventana mal cerrada aunque lo dudaba. Cuando había llegado media hora antes cansada de un viaje que no hubiera deseado a su peor enemigo, pero aliviada al encontrar el aislado edificio en medio de la oscuridad, todo estaba cerrado y asegurado. Después de abrir la puerta delantera con una llave que estaba escondida bajo un tiesto como le había dicho el agente, había metido su equipaje y guardado en la nevera alguna comida que podía estropearse. Después se había desnudado para darse una maravillosa ducha.

Una vez libre de la sensación de suciedad fruto del viaje, no había sido capaz de pensar en volver a vestirse, así que se había puesto el pijama antes de abrir una botella de vino y encender el fuego. Ya había colocado la enorme cesta de Harvey en un rincón y abierto una lata de su pienso favorito cuando el animal había expresado su necesidad de salir un momento.

–¡Oh! –se resbaló y acabó sentada en el suelo encima de algo que olía bastante mal.

Sintió unas incontenibles ganas de llorar, pero se contuvo y buscó la linterna, que se le había caído. Se puso de pie. Harvey parecía haberse olvidado de su cena y se sumó al juego con entusiasmo, saltando alrededor de ella y ladrando alegre. El viaje desde Londres a Shropshire le había resultado aburrido, pero aquello le gustaba. Por suerte, la linterna seguía funcionando, aunque a Beth no le hacía falta para saber que un zorro o un tejón evidentemente rondaba alrededor del jardín de la casa.

Volvió a la puerta delantera y se quedó quieta un momento tiritando en la fría noche de mayo. El día había sido cálido, demasiado cálido, pero al aire de la noche todavía le faltaba un poco para poder empezar a hablar de verano. Tendría que romper una ventana y colarse por ella de alguna manera, no podía hacer otra cosa. Miró los antiguos y bonitos cristales emplomados de la ventana del salón. Todos los de la casa eran iguales y, cuando los había contemplado antes, había pensado que serían bastante valiosos. La casa de campo era pequeña, parecía como de chocolate, cubierta con un tejado de paja, vigas de madera y toda la calidez que se podía esperar de una construcción de más de dos siglos.

A Harvey le sonaban las tripas y el juego había perdido todo el interés. Empezó a lloriquear y cuando un enorme pastor alemán de pelo largo gime no es igual que un perrito faldero.

Beth no podía ni oírse pensar.

–Bueno, bueno –hizo callar al perro con un chasquido de los dedos.

Iba a provocar bastantes daños si rompía uno de esos bonitos cristales, pero no se le ocurría otra cosa que hacer. Por lo que podía recordar no había pasado por otro sitio habitado en varios kilómetros después de tomar la pista que llevaba hasta la casa. Además tampoco iba vestida para andar paseando por la campiña de Shropshire.

Iluminó la ventana con la linterna y presionó el cristal. Los cristales parecían estar sujetos por barras de acero en la parte trasera. Tampoco estaba segura de ser capaz de saltar aunque consiguiera romper el cristal. Claro que podía romper un cristal del coche, pero se moriría de frío y por la mañana seguiría teniendo el mismo problema. Las llaves del coche y todo lo demás estaban dentro de la casa.

–Oh, Harvey –las ganas de llorar volvieron.

Aquello, sumado a todo lo que le había ocurrido últimamente, era demasiado. ¿Por qué, cuando estaba tratando de tirar para delante se encontraba con una dificultad tras otra? No era justo. Sollozó y Harvey se arrimó a sus piernas. Se dejó caer en los escalones de la entrada y abrazó el peludo cuello, las lágrimas le caían por las mejillas. Fue así, abrazada a la cálida piel del animal, cuando vio luces que se movían en la colina.

¡Un coche bajaba por la pista que llevaba a la casa!

Se puso en pie de un salto y atravesó la pradera que separaba la casa de la cancela que daba a la pista. Se quedó esperando sujetando a Harvey del collar. Dirigió la luz de la linterna a la pista con la esperanza de que el coche no pasara de largo. No parecería una contrabandista peligrosa o algo así, pensó, no en pijama. Pero, por la misma razón, quería que cualquier rescatador potencial viera a Harvey y fuera consciente de que tenía con ella un perro grande. Había oído tantas historias horribles sobre mujeres atacadas mientras pedían ayuda a extraños...

Le pareció una eternidad lo que tardó el coche en llegar, pero no pudo ser más de dos o tres minutos. Las luces de un enorme coche familiar la cegaron. Durante un terrible momento pensó que el conductor ni la habría visto, pero justo en ese momento frenó, echó marcha atrás y se detuvo a su lado. La ventanilla del coche se bajó y se oyó una profunda voz masculina con un tono mezcla de sorpresa y diversión.

–¿Qué diablos haces aquí fuera así vestida?

«De fiesta», estuvo a punto de decir, pero pensó que sería mejor llevarse bien con aquel tipo. Apartando de su cabeza el sarcasmo, dijo:

–Se me ha cerrado la puerta mientras vigilaba a mi perro. Supongo que no llevarás en el coche nada con que pueda forzarla... –mientras hablaba dirigió la linterna al rostro del tipo y lo vio cerrar los ojos por la luz–. Perdone –dijo, pero el breve instante de luz había sido bastante para mostrarle que era joven y tenía el pelo oscuro.

–¿Me estás pidiendo que intente forzar una puerta?

La diversión se había impuesto en el tono de voz y Beth tuvo que respirar hondo antes de decir con dulzura:

–Supongo que sí. ¿Puedes ayudarme? –estaba tiritando de la cabeza a los pies y ese payaso encontraba la situación divertida.

–Tienes frío.

Esperaba que lo hubiera notado por la tiritona y no por los pezones que se adivinaban bajo la seda del pijama. No podía hacer nada para evitarlo, ni siquiera cruzar los brazos con una mano en el collar de Harvey y la otra con la linterna.

–Un poco –dijo serena–. Por eso es por lo que me gustaría poder entrar lo antes posible.

Apagó el motor y abrió la puerta del conductor. Al momento le tendió una pesada chaqueta que instantes antes estaba en el asiento del acompañante.

–Ponte esto –dijo mientras miraba a Harvey, que había empezado a gruñir en tono grave.

Beth no trató de detener al perro, de hecho se hizo la anotación mental de darle un puñado de sus galletas favoritas en cuanto entraran en la casa. El hombre era alto, muy alto, y sus anchos hombros y su musculatura intimidaban, por lo que podía adivinar con esa luz. No quería volver a iluminarle la cara, para verlo mejor, pero se sentía incómoda con tan poca ropa.

El extraño se inclinó y se puso a la altura de Harvey. Con voz relajante y suave le dijo:

–Tranquilo, chico. Nadie va a hacer daño a tu ama –tendió al perro una mano para que la oliera.

Hubo una breve pausa y después el animal dejó de gruñir y una larga lengua lamió la mano del hombre mientras Harvey movía la cola. Beth se preguntó si se hubiera mostrado tan contento si hubiera sabido que acababa de perder las galletas.

–Buen perro –el hombre se levantó y le tendió una mano diciendo–. Dame la linterna mientras te pones la chaqueta.

Beth no le encontró ningún sentido a discutir. Si iba a golpearla, podría hacerlo tanto con la linterna como con cualquier otra cosa. Era evidente que Harvey no iba a ser una gran ayuda.

El extraño pasó al lado de ella y se dirigió a la puerta de la casa mientras Beth se ponía la chaqueta. Le quedaba enorme, pero en ese momento no le importaba. Lo siguió con Harvey a su lado y lo vio primero intentar abrir la puerta y después dar la vuelta alrededor de la casa revisando cada ventana como había hecho ella. Claro que él no terminó sentado encima de los excrementos de un zorro o de un tejón.

Cuando volvió a aparecer proveniente de la parte trasera de la casa, Beth dijo irritada:

–Ya he revisado las ventanas.

Él no respondió, lo que preguntó fue:

–¿Qué es eso olor tan espantoso? ¿Aguas residuales?

–Me he resbalado en la parte de atrás. Creo que un animal había estado allí...

–¡Vaya! –no le preocupaba el disimular el tono divertido.

No pensaba quedarse allí de pie al frío discutiendo sobre el olor. Tampoco había sido exactamente un caballero al mencionarlo.

–Bueno, ¿puedes ayudarme a entrar? –preguntó ella–. Me estoy congelando aquí fuera.

–Seguramente, pero no lo voy a intentar. No tiene sentido forzar la puerta o romper una ventana y provocar un daño considerable cuando se puede contactar con el agente por la mañana. Esto lo alquila Turner & Turner, ¿verdad?

–Sí, pero...

–Así que te sugiero que vengas a mi casa, duermas bien esta noche y lo resolvamos por la mañana. No tienes nada en la cocina ni en el horno, ¿verdad? Nada va a causar problemas.

¿Estaba loco? Pensaba tanto en irse a su casa como en viajar a la luna. En tono duro respondió:

–He encendido fuego. No puedo dejarlo.

–Ya lo has hecho –señaló él.

–No está puesta la protección.

–Apenas sale humo de la chimenea, así que es probable que se esté apagando. No pasará nada.

–No puedo irme así...

–Claro que puedes. Conozco a John Turner. Le llamaré por la mañana y le explicaré la situación. Estarás de vuelta aquí antes de las diez. Lo preferirá a que entremos rompiendo algo.

–Si lo conoces, ¿por qué no llamas ahora?

Pudo ver la silueta de su cabeza moverse mientras decía:

–No puede ser. La noche del viernes es la noche que John sale con sus amigos. Y no le gusta que le molesten.

–No puedo irme a tu casa, señor...

–Black. Travis Black. ¿Por qué no puedes venir a mi casa, señorita...?

–Me llamo Beth Marton y no tengo por costumbre aceptar pasar la noche en casa de completos desconocidos.

–No somos desconocidos. Acabamos de presentarnos –dijo perezoso y recuperando el tono divertido–.

Además puedo asegurarte que no estoy tan desesperado por compañía femenina como para haber pensado en aprovecharme de tu mala suerte para robarte y violarte. Es una oferta sincera, dormirás sola, sobre todo a la vista de ese... inusual aroma que llevas.

Cerdo, pensó. Era muy difícil mostrarse digna con un pijama rosa y ese olor.

–Gracias por su oferta, pero no puedo. Por un lado está Harvey...

–No te estoy proponiendo que lo dejes aquí, por supuesto él se viene también –en ese momento se dio la vuelta en dirección al coche–. Bueno, depende de ti.

–¿Adónde vas? –sabía que le había salido la voz demasiado aguda, pero no podía evitarlo. ¿Iba a dejarla allí? Nadie podría tener ese corazón de hielo...

–A casa –dijo sin darse la vuelta–. Es tarde y ha sido un largo día. Tengo hambre, estoy cansado y está empezando a llover. Puedes venir conmigo o quedarte aquí, tú decides.

Ella no se movió hasta que él estuvo sentado en el coche, apenas podía creerse que fuera a marcharse. Cuando encendió el motor, se dio por vencida, sobre todo porque las gotas de lluvia empezaban a aumentar. Corrió por el jardín hasta la cancela con Harvey detrás y golpeó en la ventanilla del conductor. Se bajó el cristal. Esa vez le iluminó la cara y pudo verle claramente el rostro. Era una cara interesante. No exactamente guapo... demasiado dura para eso y la luz resaltaba una cicatriz en la mejilla, pero tenía algo que haría que cualquier mujer se volviera a mirarlo una segunda vez. El pelo era negro como el ébano, pero no podía saber exactamente cuál era el color de sus ojos con aquella luz.

–No puedo quedarme aquí fuera toda la noche –murmuró–. Además no creo que pase nadie más.

–Seguramente –asintió–. Mi casa es la única otra que hay por aquí, la pista termina en mi jardín.

¿Y se iba a marchar sabiendo eso?

–¿Dónde pongo a Harvey? –preguntó seca.

En respuesta, se bajó del coche y abrió el portón trasero. Harvey entró de un salto y se tumbó como si hubiera pasado allí toda su vida. Beth miró al animal mientras Travis cerraba la puerta. Después rodeó el vehículo y le abrió a ella la puerta del acompañante sin decir ni una palabra. Beth se metió en el coche.

–Gracias –dijo entre dientes.

–No hay de qué –cerró la puerta muy despacio.

Una vez dentro del coche los dos, Beth se dio cuenta de lo grande que era él y se sintió más vulnerable. También se dio cuenta del realmente desagradable olor que emanaba de su ropa.

–Espero no mancharte el asiento –dijo ella mientras el coche empezaba a moverse.

Se había dado cuenta de que era el más alto de la gama de los Mercedes familiares. Estuvo segura de que era la primera vez que su hermoso interior era sometido a semejante abuso.

–Es cuero, puede fregarse si es necesario. Una vez en mi casa podrás darte una ducha y te buscaré algo limpio para que te pongas. No será rosa, creo –añadió inexpresivo.

–¿No es su color? –preguntó Beth en el mismo tono.

–No me pega con los ojos –sonrió sin mirarla.

–Claro –él estaba tratando de ponérselo fácil; además, se dijo, le estaba ofreciendo un techo para pasar la noche. Si no hubiera aparecido, estaría en un aprieto–. Es muy amable por tu parte –dijo con retraso.

–Soy así. Huérfanos, perros abandonados, ovejas perdidas...

–Sí, claro –estaba bromeando, pero ella se sentía casi así. Intentó no poner ninguna emoción en la voz cuando dijo–. Si tu casa es la única en esta carretera, he tenido mucha suerte de que pasaras.

–Sobre todo porque no vivo aquí siempre. La mayor parte del tiempo vivo y trabajo en Bristol.

–¿Sí? –lo miró–. ¿A qué se dedica? –no era un hombre fácil de etiquetar.

–Al diseño industrial.

Eso incluía un millón de posibilidades, pero como había notado un tono evasivo en su voz, decidió no preguntar más.

–¿Así que tu casa de aquí es para los fines de semana?

–Más bien un refugio al que escapar –dijo–. ¿Y tú? ¿Trabajas?

Ella asintió.

–Aunque estoy en un período de descanso. Soy arquitecta.

Esperó la sorpresa que normálmente seguía a ese momento cuando hablaba con un hombre. Para el mundo masculino que fuera delgada, tuviera el pelo rubio dorado y unos grandes ojos azules la excluía de una profesión que suponía visitar obras y tratar con constructores, entre otras cosas. Unos pocos trataban de ocultar su asombro tras cosas como «¿De verdad? ¡Qué interesante!» Mientras la miraban de arriba abajo. Los peores se reían y decían que no se lo creían. Travis apenas asintió con la cabeza.

–¿Trabajas en un estudio, alguna institución pública o por tu cuenta?

–En un estudio. Me guardan el trabajo seis meses.

Los árboles a ambos lados de la pista formaban un toldo y la noche era completamente oscura, las potentes luces del coche atravesaban la oscuridad, pero acentuaban la sensación de soledad del entorno.

De pronto, se encontraron ante unas enormes puertas que Travis abrió con un mando a distancia. Recorrieron un camino de guijarros y casi de inmediato Beth vio una gran casa a unos cien metros de distancia.

No sabía qué había estado esperando, seguramente una casa de campo como la que ella había alquilado, pero desde luego no una mansión en medio de un jardín. Miró a Travis, una mirada rápida, pero tenía los ojos en el parabrisas. Como refugio, algo así no era lo normal. Estaba empezando a pensar que Travis tampoco era normal.

Cuando llegaron al final del camino de guijarros y se detuvieron delante de la casa, Beth tenía que reconocer que se sentía intimidada. Incluso aunque hubiera ido de punta en blanco y recién salida de la peluquería, se habría sentido así.

Sus pensamientos se volvieron aún más incongruentes cuando Travis salió del coche y dio la vuelta para ayudarla a salir como si aquello fuera una cita o algo así. Trató de ser tan graciosa y distinguida como las circunstancias se lo permitieron.

Las luces delanteras de la casa se encendieron automáticamente, pero nerviosa como estaba, Beth se había concentrado en lo absurdo de su situación más que en ninguna otra cosa. Al salir del coche, sintiendo el calor de la mano de él mientras la sujetaba, lo miró, lo miró de verdad, por primera vez. Una descarga eléctrica la dejó casi sin respiración. Grises, pensó. Tenía los ojos grises.

–¿Cómo se llama el perro?

–¿Qué?

–Su perro –repitió con paciencia.

Fue consciente de los ladridos. Harvey ladraba por seguir dentro del coche mientras ellos estaban fuera.

–Oh, Harvey. Se llama Harvey.

–Le sugiero que lo sujete. Va a conocer a las mías en un momento y espero que sea amigable.

–Harvey siempre es amigable –dijo antes de darse cuenta de que eso realmente no apoyaba su figura de perro guardián.

–Bien. Sheba y Sky no lo son.

Al momento había abierto el portón trasero y Harvey saltaba y, antes de que pudiera preguntarle qué quería decir, había abierto la puerta de la casa y dos osos grizzly, al menos eso le parecieron a ella, aparecieron en la entrada. Hubo un momento tenso cuando los dos animales rodearon a Harvey, pero en pocos segundos los tres perros estaban inspeccionándose sus partes traseras y presentándose entre ellos. Beth suspiró de alivio.

–Son adorables –dijo en tono poco convincente sin quitar el ojo por si decidían devorar a Harvey–. ¿Qué son?

–Aparte de hembras, no tengo ni idea –dijo Travis, chasqueando los dedos y haciendo que las dos perras se sentaran–. Las abandonaron en una cuneta en una caja con seis o siete semanas. Un amigo las encontró. El veterinario no fue capaz de averiguar la raza, ¿pero a quién le importa?

Cuando entraron en la casa, la primera impresión de Beth fue de un sitio con mucho espacio y agradable. El gran recibidor tenía el suelo de roble, lo mismo que la escalera curva que conducía a la galería del primer piso. Las paredes eran luminosas y estaban llenas de cuadros de vivos colores y sólo una pequeña mesa de roble con dos sillones a los lados quebraba la limpieza de las líneas.

–Seguro que quieres ducharte y cambiarte mientras doy de comer a los perros. ¿Ha cenado ya Harvey? –Travis caminaba hacia la escalera mientras hablaba y sus perras se detuvieron al pie, seguramente no podían subir al piso de arriba.

–No, iba a darle de comer cuando se cerró la puerta –los siguió al piso de arriba después de decirle a Harvey que esperara. Éste aceptó de buen grado y se tumbó entre las dos hembras.

El suelo de roble continuaba a lo largo de la galería. Después de cerciorarse de que Harvey se quedaba abajo, se unió a Travis, que estaba de pie ante la puerta de una habitación.

–Encontrarás alguna camiseta y pantalones de deporte en el armario y un albornoz para invitados tras la puerta del baño –dijo tranquilamente–. Siéntete como en casa. Hay mucha agua caliente. Cuando estés lista baja al piso de abajo, estaré en la cocina. ¿Te gustan los espaguetis a la boloñesa?

–¿Qué? Oh, sí, sí. Gracias –terriblemente ruborizada, Beth entró en una habitación con una alfombra gruesa y que parecía un dormitorio de invitados.

Travis se fue cerrando la puerta tras de sí. Beth echó un vistazo alrededor. La habitación en tonos café con leche había sido decorada por alguien con gustos evidentemente minimalistas, pero era bonita. Sospechó que toda la casa sería bonita.

Con cuidado, como si fuera a dejar tras ella un rastro de suciedad y destrucción, recorrió la distancia hasta el cuarto de baño y se miró en el enorme espejo que había encima de un par de lavabos. Casi dio un grito al verse. No sólo estaba en pijama y zapatillas, sino que además tenía barro, esperaba que fuera sólo barro, hasta en la cara. El pelo estaba todo revuelto por el viento y la cara sin maquillaje brillaba donde no estaba inmunda.

Diez minutos después, se sentía más ella misma. Había encontrado loción facial y champú y, una vez que se había lavado y se sentía limpia y oliendo bien, no todo parecía tan malo. Después de secarse el pelo con el secador, encontró algunas camisetas de mujer y unos pantalones de deporte limpios en un cajón de un armario. Se preguntó a quién pertenecerían. ¿A su novia?, pensó mientras metía en agua su ropa.

Bien, momento de volverse a encontrar con él. Bajó

las escaleras descalza, consciente de que el estómago le daba saltos por la ansiedad, lo que era algo realmente tonto, pero no era capaz de controlarlo.

Una vez en el recibidor, miró a todos los lados. Travis le había dicho que se encontrarían en la cocina, pero había varias puertas. Pensando en que la cocina seguramente estaría en la parte trasera de la casa, fue hasta la puerta más alejada y llamó nerviosa antes de abrirla.

–Hola, aquí estoy –dijo.

–Hola –Travis estaba removiendo algo en el fogón, con los tres perros a sus pies aparentemente satisfechos y contentos; Harvey movió la cola al verla, pero ni se levantó–. Busca una silla y échate un poco de vino.

Se dio cuenta de que la miraba con detenimiento antes de volver al fogón. Eso y la visión de él con una camisa negra de algodón, abierta en el cuello, y unos vaqueros negros fue bastante para hacerla sentirse torpe mientras se sentaba a una enorme mesa rústica y buscaba la botella de vino. A pesar de lo grande que era la mesa, no lo parecía por al tamaño de la cocina. El suelo de piedra, los armarios de madera color miel y las encimeras de granito eran una mezcla de antiguo y moderno muy agradable a la vista. El vino estaba muy bueno. Rojo profundo y con aromas de grosella y cereza. Beth notó que le calmaba los nervios.

Después de algunos sorbos, se sintió lo suficientemente tranquila para decir:

–¿Puedo ayudar en algo?

–No, ya está listo –en un momento, puso dos platos llenos de espaguetis encima de la mesa junto con una fuente de verduras a la plancha. A Beth se le hizo la boca agua. Mientras se sentaba Travis siguió hablando–. Tu aspecto ahora es espléndido.

–Gracias –sabía que se estaba poniendo colorada y

sintió vergüenza y eso era lo último que quería en ese momento–. Y gracias por darnos de comer –añadió, señalando a Harvey con un gesto de la mano–. No quería ocasionar tantos problemas.

Los ojos grises la observaron sin expresión. A la brillante luz de la cocina, el rostro de Travis era de facciones duras y atractivo, lleno de ángulos y con una cicatriz en una mejilla que la luz acentuaba. La nariz era recta, las cejas gruesas, las pestañas del mismo negro azabache que el cabello y la boca realmente atractiva. Travis Black rezumaba un cinismo sexy que atraía a Beth como un imán.

–Somos vecinos –dijo Travis después de un momento–, aunque temporales. Era lo mínimo que podía hacer. Esperaría que alguien hiciera lo mismo con mi hermana en una situación así.

Tenía una hermana. Beth le dedicó una sonrisa educada mientras seguía estudiándolo.

–¿Cuántos años tiene tu hermana? –preguntó.

–¿Sandra? Ha cumplido treinta hace poco. Conociendo a Sandra, seguro que lo sigue celebrando. Es muy sociable.

–¿No lo apruebas? –había algo en su voz que así lo sugería, pero podía equivocarse, era un completo extraño.

Travis se encogió de hombros y esperó a tragar un bocado de espaguetis antes de contestar.

–Se ha convertido en una mujer con vida propia.

No era realmente una respuesta. Beth probó la pasta. Estaba deliciosa. Dado que cocinar no era una de sus aficiones favoritas, respetaba a la gente que era capaz de hacer algo especial a partir de ingredientes sencillos. Su comida variaba entre quemada, cruda o sólo incomestible.

–Está buenísimo –dijo con un murmullo de placer.

Travis parecía uno de esos hombres que es bueno

en cualquier cosa que haga. Como Keith. Ese pensamiento no le gustó y lo alejó rápidamente de su mente.

–Gracias.

–No sé cocinar y siento siempre una envidia horrible de la gente que sabe.

Travis asintió, pero no dijo nada. Beth se quedó con la sensación de que no la había creído. Abrió la boca para decir algo más y luego la cerró pensando que era mejor hablar de menos que de más. Nunca había sido buena mintiendo. No como Keith.

Se terminó su vaso de vino. Tranquilidad, tranquilidad, se dijo a sí misma. Travis rellenó el vaso en silencio y luego se recostó en la silla.

–¿Es por mí o te pones siempre así de nerviosa cuando pasas la noche en casa de un extraño?

Beth sonrió un poco más natural esa vez.

–¿Eres un extraño? –preguntó animada por su buen humor.

–Eso me han dicho antes –sonrió y su atractivo subió unos pocos grados.

Beth se dijo a sí misma que no lo había notado.

–Entonces tendré que andar con cuidado –volvió a sonreír y se concentró en la comida.

Cuanto antes terminara, más pronto podría desaparecer en su habitación del piso de arriba. No quería ni hacer amistad, ni flirtear, ni nada semejante. Comió deprisa manteniendo la mirada en el plato. Había sido un detalle que la hubiera recogido para pasar la noche, se dijo, pero habría estado más que contenta de pagar los daños provocados en la puerta o las ventanas de la casa.

–¿Has alquilado la casa para seis meses? –Travis terminó su comida y la miró con el vaso de vino en la mano.

Beth asintió intentando evitar su mirada.

–Era el mínimo período posible.

–Es un sitio muy solitario.

–Por eso me gustó –la estaba mirando de un modo que la hacía sentirse incómoda y añadió–. No he estado bien últimamente. Quería un cambio completo una temporada.

–Pues no has podido elegir mejor sitio que Herb Cottage.

Beth no respondió, acabó el vino y se levantó.

–Si no te importa, me retiraré ahora –dijo incómoda–. Ha sido un viaje horrible y estoy cansada –le sonó grosero incluso a ella.

–¿Puedo tentarte con un postre? –preguntó Travis con suavidad–. Hay pastel de avellanas o tarta de manzana.

Ella negó con la cabeza.

–No, gracias –miró a Harvey, que seguía sin moverse–. ¿Dónde quieres que duerma el perro?

–Oh, puede dormir abajo con las chicas –dijo Travis tranquilo–. Parece que se llevan bien.

Demasiado bien, pensó ella considerando que Harvey había sido protector hasta el punto de convertirse en un problema los últimos meses. En ese momento, parecía haberla abandonado. Sintiéndose ridícula, dijo tensa:

–Bueno, gracias de nuevo. Nos marcharemos lo antes posible por la mañana y te dejaremos en paz.

–No hay prisa.

Oh, sí la había. Se había levantado cuando ella y parecía muy grande y muy masculino. Y atractivo. Horrorizada por la deriva que estaban tomando sus pensamientos, Beth decidió que estaba muy cansada.

–Buenas noches –murmuró y huyó de la cocina antes de que él tuviera oportunidad de responder.

Capítulo 2

LA cama era cómoda y muy calentita. Beth se dio la vuelta por enésima vez y se preguntó por qué no se podía dormir. Estaba agotada, no había ninguna duda sobre eso, pero su cabeza no paraba. Se quejó y enterró la cabeza en la almohada, enfadándose cada vez consigo misma. No quería pensar en Keith, y era algo que esos días normalmente conseguía, pero ¿qué le pasaba esa noche? Creía que ya lo había superado.

Era por él, por Travis Black. Le recordaba a Keith. Pero si era sincera tenía que reconocer que no sabía por qué. Desde luego, los dos hombres no se parecían físicamente. Keith era rubio y con los ojos azules, y tenía una cálida sonrisa. Se había enamorado desde la primera vez que lo había visto entrar en la oficina. Y él decía que le había pasado lo mismo, que la adoraba.

«Estúpida», se dijo y se sentó bruscamente pasándose los dedos por el pelo revuelto. Realmente estúpida. Debería haber sabido que un empresario guapo y con éxito como Keith Wright tendría a su disposición más cuerdas para pulsar que una orquesta de violines. Se había enamorado de él y había confiado en él, tan sencillo como eso. El mayor error de su vida.

«Vamos, para. Ya has pasado lo peor». La amonestación estaba presente en su cabeza, pero esa noche no era capaz de parar.

Se habían casado discretamente. Así lo había querido Keith, y a ella le había parecido bien. Se habría casado vestida con un saco si él se lo hubiera pedido.

Un par de semanas a Las Bahamas y habían vuelto al moderno apartamento que él tenía a las afueras de Londres. La idea original había sido empezar a buscar casa, pero habían pasado los meses y eso nunca había ocurrido. Keith había dicho que había mucho tiempo y ella había estado de acuerdo. Decidieron que, cuando en el futuro tuvieran hijos, buscarían una casa. Hasta ese momento, estaban bien así.

Y entonces, una noche terrible, su hermana y Michael, su cuñado, aparecieron en el apartamento pálidos y temblando de la cabeza a los pies. Catherine le dijo que sus padres habían muerto en un accidente de tráfico. Dos adolescentes en un coche robado se habían incorporado a la autopista en sentido contrario provocando que un camión girara bruscamente para esquivarlos. El conductor del camión había perdido el control del vehículo y sus padres habían chocado con él. El camionero tenía algunos cortes y magulladuras y los chavales del coche robado ni un rasguño. Tampoco ningún remordimiento. El caso había atraído la atención de los medios, sobre todo porque uno de los adolescentes era hermano de una famosa estrella del rock.

Un par de días después de que las dos hermanas y Keith y Michael hubieran sido entrevistados por la prensa en las escaleras de los juzgados al final del juicio en el que los ladrones habían sido sentenciados a la máxima pena posible, ella volvía a casa a la salida del trabajo y se encontró a una joven esperando en la puerta del apartamento.

La reciente lucha de su hermana y ella para aceptar la muerte de sus padres ya había sido horrible, y no estaba preparada para lo que había sucedido a continuación. La chica llevaba años con Keith. Tenían dos hijas y habían vivido juntos siete años. Las noches que él estaba fuera «por negocios», en realidad había estado en el otro extremo de Londres con Anna. Además había otras «amigas», le había dicho Anna con rabia. Siempre las había habido. Ella siempre había hecho como que no se daba cuenta porque era el padre de sus hijas, pero cuando lo había visto en las noticias con «su esposa»... El día antes había estado con ella y se habían despedido con besos y caricias después de pasar la noche juntos. No tenía ni idea de que estuviera casado con otra.

Beth había mirado fijamente a la alterada mujer y su mundo había empezado a desmoronarse. Había creído a Anna al instante. Después, se había preguntado por qué y había llegado a la conclusión de que Anna había hablado mucho y de pronto algunas cosas habían empezado a encajar, comenzando por su discreta boda un año antes. Un par de días antes de Navidad, había tenido que viajar a Escocia y le había sido imposible llegar antes de la entrega de los regalos. Era evidente que había pasado esos días con Anna y sus hijas.

Cuanto más había hablado con Anna, más cuenta se había dado de lo falso que había sido Keith. Había aparecido un poco después y, si hubiera necesitado confirmación de lo que le había contado Anna, la habría tenido en su mirada de horror.

Beth se había marchado esa misma noche y sólo había vuelto con Catherine para recoger algunos objetos personales cuando Keith estaba en el trabajo. Había rechazado verlo o hablar con él y, cuando Keith se dio cuenta de que ella iba en serio, no se había opuesto al divorcio.

Catherine y Michael habían sido maravillosos, habían insistido en que se quedara con ellos, pero como Catherine estaba embarazada de su primer hijo, se había quedado poco tiempo. En cuanto había podido, había encontrado un piso de un dormitorio y lo había comprado con lo que había heredado de sus padres. Se había gastado todo, pero necesitaba saber que tenía una casa propia. Al día siguiente de mudarse a su piso, Catherine y Michael se habían presentado con Harvey, que no era más que una bola de pelo con unas patas enormes y una lengua rosa.

–Un regalo para la nueva casa –había dicho Catherine–. Además, ahora que he dejado el trabajo, puedo ocuparme de él cuando tú no puedas. Necesitas compañía por la noche.

Beth había protestado, no necesitaba un perro, no era práctico, pero sabía que su hermana estaba preocupada por ella y convencida de que se hundiría en un pozo de desánimo cuando se quedara sola, así que se quedó con Harvey. Y había resultado que Catherine tenía toda la razón. No sabía cómo hubiera superado esos tortuosos dieciocho meses sin el perro. Y había algo inmensamente tranquilizador en tener a Harvey por la noche o en llevárselo a algunos de los sitios aislados a los que tenía que ir. Era tan fieramente protector. Además era un tesoro con Catherine y el bebé los días que ella se tenía que quedar en la oficina.

Y así, con la ayuda de Harvey, había resistido hasta hacía unas semanas, en que la combinación del dolor por la muerte de sus padres, la traición de Keith y el desmoronamiento de su matrimonio, añadidos al hecho de que había trabajado sin parar desde el divorcio, habían podido con ella. Según el médico había sufrido una especie de mini crisis nerviosa y necesitaba completo descanso. Se había negado a tomar la medicación que le había prescrito, pero reconocido que unas vacaciones largas no serían una mala cosa. Algún sitio totalmente tranquilo y aislado, había decidido. Algún sitio en el que poder dormir de verdad y recuperar el apetito, donde no tuviera que ver a nadie si no quería. Había buscado en varias inmobiliarias y, cuando vio

Herb Cottage, supo que había encontrado su pequeño trozo de paraíso inglés.

–¡Paraíso inglés! –dijo en voz alta con un bufido mientras se levantaba al cuarto de baño para beber un vaso de agua.

No había parecido muy paradisíaco esa noche. Una vez que hubiera conseguido la llave al día siguiente, haría una copia y la escondería en algún lugar del jardín. Todavía no podía creer que hubiera sido tan estúpida.

Se terminó el agua, volvió a la cama y dejó la lamparita encendida. Era una habitación bonita, pensó antes de meterse debajo del edredón y cerrar los ojos determinada a dormirse. También era una bonita casa. ¿Se llevaría Travis allí a sus novias? Sin duda tendría muchas mujeres entre las que elegir, seguro que era de esa clase de hombres. Las tendría haciendo cola.

Apretó los labios. Seguro que siempre sabía decir lo adecuado, como Keith. Los hombres siempre sabían lo que había que decir, por eso no había que confiar en ellos. Al menos en determinado tipo de hombres.

Se dio la vuelta en la cama y se echó la almohada sobre la cabeza como si así pudiera apagar sus pensamientos. Y así fue. Finalmente consiguió dormir, pero no mucho antes que los primeros rayos del sol iluminaran el cielo gris.

Beth se despertó por la mañana por el sonido de un roce en la puerta seguido de un golpe seco. Se sentó sobresaltada por una desorientación momentánea hasta que recordó dónde estaba. No había cerrado con llave; estaba en casa de Travis. El corazón le latía a toda velocidad.

Cuando llamaron de nuevo, se incorporó y se subió el edredón hasta la barbilla, a pesar de llevar puestos la camiseta y el pantalón de deporte.

–Adelante –dijo.

–Hola –cuando se abrió la puerta fue consciente de la voz de Travis, pero fue Harvey al saltar a su cama quien atrajo toda su atención.

El enorme perro le apoyó las patas en los hombros y le lamió la cara ansioso. Cuando finalmente se las arregló para librarse de él, vio a Travis al lado de la cama con una bandeja. Con voz divertida dijo:

–Harvey lleva una hora lloriqueando y recorriendo la cocina de un lado a otro. Creo que pensaba que habías huido y lo habías abandonado.

Beth miró nerviosa a Travis. Llevaba unos vaqueros y un polo color crema. Estaba recién afeitado y con el pelo aún mojado. Su aura de masculinidad era insuperable. Beth se sentía tan en desventaja, que parecía haberle abandonado la capacidad de hablar. Tragó con dificultad buscando recuperar su inteligencia natural. Travis no parecía haberlo notado. O a lo mejor pensaba que era siempre así de idiota. Beth trató de pensar en algo que decir, pero no se le ocurría nada.

–No estaba seguro de si tomarías té o café lo primero –dijo señalando con la cabeza el contenido de la bandeja. Había una taza de ambas cosas junto al azúcar, la leche y un platito de galletas–. El desayuno de verdad estará listo en una hora.

–Oh, por favor, no te molestes. Llamaré a la agencia si me das el teléfono y te dejaré tranquilo. Ya me he aprovechado bastante de ti –consciente de que estaba balbuceando, se paró en seco.

–Ya he hablado con John y he quedado en la casa a las once. ¿Patatas fritas o salteadas en tu desayuno?

–¿Qué? –estaba lo bastante cerca como para poder oler el delicioso aroma de su loción de después del afeitado y estaba causando estragos en sus hormonas–. Oh, fritas, por favor –se las arregló para decir.

Travis asintió y dejó la bandeja en la mesilla antes

de marcharse. Harvey se fue con él. Era evidente que el perro, una vez comprobado que estaba viva y bien, prefería volver con su compañía canina.

Una vez se hubo cerrado la puerta, Beth salió de la cama y se miró en el espejo del baño. Gruñó. Ese hombre estaba destinado a verla siempre como si la hubieran arrastrado por el suelo. No importaba, se dijo con firmeza. Claro que no. Travis Black no era nada para ella y, desde ese día en adelante, como mucho, vería su coche pasar.

Sonrió al espejo y se dio la vuelta, volvió a la habitación a tomarse el café mirando por la ventana. El dormitorio estaba en la parte trasera de la casa y la vista era impresionante. El terreno perteneciente a Travis era grande y estaba bien cuidado, una pradera verde y grandes árboles y arbustos que competían con grandes maceteros de flores de todos los colores que brillaban al sol. Más allá del muro de piedra que rodeaba la propiedad había un precioso paisaje de árboles y campos vallados hasta las colinas que se perdían en el infinito.

–Precioso –suspiró la palabra Beth mientras sus ojos se fijaban en un grupo de pájaros que revoloteaban alrededor de uno de los árboles cercanos a la casa. Había toda la paz y tranquilidad que se podía desear, lo que hacía aún más sorprendente que Travis viviera allí, aunque fuera de vez en cuando. Daba la impresión de ser un hombre de los que siempre quieren estar en donde hay acción.

Frunció el ceño. No solía hacer ese tipo de suposiciones sobre la gente y, sin embargo, no podía dejar de hacerlas sobre Travis. Apartó la desasosegante idea de la cabeza, se terminó el café y fue al baño para darse una ducha. Se sentiría mejor cuando volviera a parecer humana.

Veinte minutos más tarde, bajaba las escaleras, el pelo como una brillante cortina a ambos lado del rostro y oliendo a manzana por al champú que había encontrado en el cuarto de baño. Sin ningún perfume, ni siquiera un poco de brillo de labios o maquillaje. Era lo mejor que podía hacer, pensó. De hecho, se sentía bohemia con los pies descalzos, la cara desnuda, por no mencionar que no llevaba ropa interior. Estaba acostumbrada a vestirse de modo inteligente para el trabajo, sobre todo cuando iba a las obras: unas botas de goma y un enorme chubasquero que siempre llevaba en el coche le garantizaban que la ropa que llevaba debajo estuviera siempre inmaculada.

Vestimenta poderosa, solían llamarla Keith y ella. Tenía muy claro que en un mundo dominado por los hombres, la imagen que proyectaba era muy importante. El pelo rubio, los ojos azules y las femeninas curvas eran suficientes para hacer que algunos dudaran de su capacidad intelectual, así que no se iba a vestir muy femenina para darles más munición.

En una repetición de lo sucedido la noche anterior, Travis estaba de pie en la cocina cuando ella apareció, los tres perros a sus pies. Beth forzó la voz para que no resultara dubitativa.

–Huele estupendamente.

–Había pensado que desayunáramos aquí, ¿está bien? –dijo tranquilamente–. Tengo comedor, lo creas o no, pero esto es más... relajado.

¿Era eso otra forma de decirle que, por mucho que aquello lo pareciera, no era ni remotamente una cita sino simplemente hospitalidad? Beth se sentó a la mesa de la cocina.

–Con una cocina tan bonita como ésta, pensaría que siempre comes aquí –dijo con cautela–. Yo lo haría.

–Bastantes veces –dijo echando un poco de beicon en un plato.

Ya había preparado una cafetera, zumo de naranja y

tostadas. En ese momento, colocó en la mesa platos con huevos revueltos, salchichas, beicon, tomates fritos, patatas y otros deliciosos ingredientes. Beth pensó que había comida bastante para alimentar a un ejército. Lo miró alarmada.

–Sírvete tú misma –se unió a ella en la mesa.

–Gracias –los últimos meses había perdido el apetito y se había obligado a comer, así que fue una sorpresa descubrir que tenía hambre.

Se llenó el plato y empezó a comer. La comida estaba tan buena como parecía. Las salchichas y el beicon estaban crujientes y jugosos al mismo tiempo. Todo era perfecto.

Cuando acabó de comer, se recostó en la silla sintiéndose completamente llena. Se dio cuenta de que Travis la estaba mirando con indisimulada fascinación, pero no era de la clase de «me gustas con locura» como le dejaron claro sus palabras al decir:

–Para ser tan delgada, puedes engullir todo lo que quieres, ¿no?

No estaba segura de que fuera un cumplido o una crítica. Respondió con recelo.

–Debe de ser el aire del campo. En realidad, no suelo comer mucho. Comer poco y a menudo me va mejor.

–No era una crítica.

El tono divertido de su voz hizo que se ruborizara.

–No he pensado que lo fuera –se encontró con la mirada gris.

–¿No? –levantó las cejas.

–No –dijo firmemente. ¿Demasiado firmemente?

–Bien –era evidente que no la creía–. No puedo soportar a las mujeres que sólo comen lechuga –dijo en tono perezoso y se levantó a recoger los platos y meterlos en el lavavajillas–. Es increíblemente irritante.

«Apuesto a que es con ésas con las que sales», pensó Beth. Guapas tipo modelo que quedan bien en cualquier sitio. Se dio la vuelta y la pilló mirándolo antes de que pudiera disimular. Parecía tener un talento especial para sorprenderla desprevenida.

Travis dejó de hacer lo que estaba haciendo, se apoyó en la encimera y se cruzó de brazos.

–No te gusto –dijo pensativo–. ¿Por qué, Beth?

Beth sintió que las orejas le ardían.

–No te conozco, ¿cómo puedes no gustarme? –tartamudeó–. Además has sido muy amable haciéndote cargo de Harvey y de mí y dándonos de comer a los dos…

Travis hizo un gesto con las manos para interrumpirla.

–Creía que anoche estabas nerviosa por la situación en que te encontrabas y podía entenderlo. Un extraño, los dos solos aquí... –sus ojos recorrieron el colorado rostro de ella. A pesar de sentirse terriblemente incómoda, Beth apreció las pestañas, gruesas y largas, llamaban la atención en un hombre–. Pero no es eso, ¿verdad? Soy yo. No te gusto.

No parecía preocupado, lo que hacía la situación aún más embarazosa.

–Como te he dicho, no te conozco.

Travis se inclinó a por un plato en la mesa en el que quedaban tres salchichas. Le dio una a cada perro y puso el plato vacío en el lavavajillas antes de decir:

–No mientes muy bien, Beth Marton.

–No soy un hombre, ¿no? –lo dijo antes siquiera de haber tenido tiempo de pensarlo. Maldición, pensó mientras se ruborizaba totalmente. La penetrante mirada la taladraba. Hubo un largo y elocuente silencio antes de que él dijera:

–Ya lo veo.

Quería salir corriendo, pero mientras lo miraba desafiante le preguntó en voz baja:

–¿Qué significa eso?

Travis aceptó el reto inmediatamente.

–Es la respuesta a por qué una joven con tu aspecto y cerebro se entierra en medio de ningún sitio durante una temporada –dijo con calma.

«Arrogante, testarudo, altanero», pensó.

–No sabes nada de mí.

–Creo que sería mejor que nos preparáramos si queremos llegar a ver a John –dijo tranquilamente mirando al reloj antes de añadir–. Creo que tengo un par de chanclas viejas que se dejó mi hermana hace tiempo. Supongo que preferirás no tener que andar descalza por el barro.

–Gracias –dijo con los dientes apretados.

–De nada –inclinó la cabeza sin dejar de mirarla.

Estaba disfrutando con aquello. Sabía que estaba disfrutando de todo aquello. Beth puso un gesto que esperó resultara digno y dijo:

–Voy arriba a recoger mis cosas –hizo una pausa. Por mucho que odiara pedir algo, no podía bajar con el pijama y las zapatillas goteando sobre la alfombra–. ¿Tienes una bolsa? –añadió enseguida–. Anoche dejé la ropa en remojo.

–Muy sabio –buscó dentro de un cajón y le tendió una bolsa–. Las chanclas están al lado de la puerta principal.

Beth asintió en silencio y salió de la cocina. Una vez en su dormitorio, cerró la puerta y se apoyó contra ella con los ojos cerrados. Todo aquello porque había cometido el error de seguir a Harvey para asegurarse de que todo iba bien. Debía de haberse vuelto loca. Si cualquier perro podía cuidar de sí mismo, Harvey también.

Entró al cuarto de baño y escurrió la ropa. Aún mantenía un ligero olor a algo innombrable.

–No importa –se dijo en voz alta–. Simplemente

mantén la calma e ignora cualquier cosa que diga. En poco tiempo estarás de vuelta en la casa de campo y no tendrás que volver a ver a Travis Black jamás.

Podía haberla rescatado como un buen samaritano, pero tenía razón: no le gustaba. Era demasiado autosuficiente, arrogante y la diversión con que parecía mirarla era casi insultante.

Ella era una mujer capaz, una profesional experimentada que sacaba adelante su trabajo y se ocupaba bastante bien de sí misma. Cualquiera tenía una mala noche, pero él parecía pensar que era una cabeza hueca. Metió la ropa mojada en la bolsa. Encima le tocaba enfrentarse al tal John Turner, que indudablemente también pensaría que era una tonta mujer que había perdido el sentido común. La vida era tan injusta algunas veces...

Capítulo 3

UN hombre regordete de rostro rubicundo esperaba fuera de la casa cuando llegaron. Levantó una mano como saludo y la movió en el aire mientras ellos se bajaban del Mercedes. Aparentemente no parecía importarle en absoluto que le hubieran hecho trabajar un sábado.

–¡Hola! –su voz jovial hacía juego con su apariencia–.¿Qué tal? –dijo directamente a Travis–. Usted debe de ser la señorita Marton, ¿verdad? Encantado de conocerla.

–Siento lo que ha pasado –dijo Beth roja de vergüenza mientras le estrechaba la mano.

No tanto por haberle tenido que llamar, sino por la mirada especulativa que había dedicado a Travis. Era evidente que había sumado dos y dos y había llegado a sus conclusiones sobre lo que había pasado esa noche.

–No se preocupe, es fácil dejarse las llaves dentro de casa. Mi esposa lo hace constantemente. Ahora entremos –abrió la puerta con la llave que llevaba en la mano y dijo por encima del hombro–. ¿Vas a venir al fútbol esta tarde, Travis? El partido tiene buena pinta.

–A lo mejor.

Mientras John se hacía a un lado para que ella entrara, Travis se quedó quieto.

–Gracias por ayudarme anoche –se ruborizó mientras acariciaba Harvey y añadió–. ¿Quiere un café antes de irse?

–Yo no, gracias. Tengo un millón de cosas que hacer –dijo el agente volviendo a su coche.

Beth se volvió a mirar a Travis convencida de que sí se quedaría, pero deseando que dijera que no. Y entonces, cuando lo hizo, sintió una ilógica punzada de rencor.

–Si vuelves a necesitar mis servicios, sólo tienes que ponerte algo de seda rosa y hacerme señas –dijo inexpresivo antes de empezar a marcharse.

Beth lo miró fijamente. ¿Se iba? ¿Así? Pero ¿por qué no? Entonces...

–La ropa –gritó–. ¿Cuándo estarás para que te la devuelva después de lavarla?

Travis se volvió ya en la cancela mirándola con sus ojos grises sin expresión.

–No te preocupes –dijo–. Sandra tiene toneladas de camisetas y pantalones de deporte, no los echará de menos.

¿Era la ropa de su hermana? Que eso le provocara satisfacción era una señal de alarma.

–No puedo quedármela –dijo–. Tengo que devolverla.

Travis se encogió de hombros.

–Hay un buzón justo al lado de la puerta del jardín. Siempre está abierto. Déjala ahí si quieres.

–De acuerdo –disimuló la ofensa que suponía que no quisiera volverla a ver–. Así lo haré –Harvey movía el rabo a su lado mientras lo sostenía del collar, era evidente que no quería que Travis se fuera–. Adiós entonces.

–Adiós, Beth. Ha sido agradable conocerte.

El resto del día definitivamente fue un anticlímax. No le llevó mas de media hora colocar todas sus cosas. Recogió las cenizas del fuego de la noche anterior y lo dejó todo preparado para encenderlo esa noche. Se llevó a Harvey a dar un largo paseo por los bosques de los alrededores.

El día de mayo era cálido y después de un par de horas de caminar se pararon al lado de un arroyo que bajaba de las colinas. Beth se sentó en la hierba mientras Harvey jugaba en el agua. A pesar del ruido que hacía Harvey, el lugar era tranquilo. Beth apoyó la espalda en un viejo roble y dejó que su mente vagara. Pasó sólo un minuto antes de darse cuenta de que sólo pensaba en Travis. Era una locura... la peor de las locuras. No sabía qué le estaba pasando.

Se levantó de un salto enfadada consigo misma. Él había sido amable, tenía que admitirlo, pero todo el episodio era ya un capítulo cerrado, así que ¿por qué desperdiciaba un solo segundo pensando en un extraño? Un extraño muy atractivo, eso sí. Era la clase de hombre que debería llevar un cartel de peligro en la frente.

Harvey decidió ir a sacudirse a su lado así que la sacó de sus cavilaciones. El resto del paseo se las arregló para mantener a Travis fuera de su mente, fue duro pero lo consiguió.

Una luz dorada llenaba el aire cuando llegó a Herb Cottage. Estaba agotada, pero de forma agradable. Harvey dejó claro que había sido un gran paseo y que estaba listo para cenar.

Vio un gran ramo de flores en los escalones. De inmediato se le disparó el pulso y atravesó corriendo el jardín. La mezcla de rosas y flores silvestres estaba envuelta en celofán y sujeta con un lazo rosa. En una tarjeta se leía: *Un pequeño regalo de bienvenida.* Estaba firmado sencillamente. *Travis.*

Miró el firme garabato negro con el corazón desbocado. Le había llevado flores. Era lo último que hubiera esperado después de la lacónica despedida. ¿Por qué había hecho algo así?

Abrió la puerta y bajó el pestillo para no repetir la hazaña de la noche anterior. Entró en la diminuta cocina y dejó las flores en la pila. Siguió mirándolas mientras Harvey le recordaba que no había cenado.

Una vez que el perro hubo comido sacó un jarrón de un armario de la cocina y metió las flores en agua. Eran preciosas, absolutamente preciosas. No significaban nada, simplemente Travis estaría siendo amable. Mejor. La gente podía ser amable sin motivos ulteriores. Esas flores no significaban que estuviera interesado en ella. Arrugó la nariz mientras las olía y llevaba el jarrón al salón. Pero que él hiciera algo así era una... complicación.

Puso el jarrón encima del aparador y fue a prepararse una cena rápida a base de ensalada y embutido. Se la comió en una bandeja en el salón mirando las flores con Harvey a sus pies.

Las flores tampoco significaban que necesariamente fuera a volver a ver a Travis, se dijo después mientras fregaba los platos antes de prepararse para irse a la cama. Por lo que había dicho, debía de ser un hombre ocupado y no tendría mucho tiempo. Y como ella tampoco quería volver a verlo, todo era perfecto.

Sin embargo, en el corto espacio de tiempo que pasó desde que se acostó hasta que se quedó dormida, no pudo evitar sentir la anticipación de cómo sería oír que llamaban a la puerta al día siguiente. Y no le gustaba cómo se le disparaba el pulso al pensarlo.

No hubo llamada a la puerta, ni el día siguiente ni los sucesivos. Era evidente que Travis había vuelto a Bristol después del fin de semana en su refugio. Beth se dijo que era un alivio inmenso que un episodio difícil hubiera terminado tan bien. No quería volver a ver a Travis, no quería verse mezclada con un hombre nunca más, así que no podía entender por qué se le presentaba en la cabeza cada dos por tres.

Lavó y planchó la camiseta y el pantalón y los envolvió junto con una nota de agradecimiento por su hospitalidad y por las flores y lo dejó en el buzón. Una vez lo hubo hecho, se sintió un poco mejor. Había mantenido en la nota un tono amigable y educado, pero ligeramente disuasorio, como señalando indirectamente que no esperaba que sus caminos volvieran a cruzarse de nuevo.

Mientras un pacífico día de mayo seguía a otro, Beth se descubrió a sí misma comiendo y durmiendo mejor de lo que lo había hecho en años. Era debido en parte a la paz y el silencio, pero también a que los días eran soleados y Harvey y ella podían recorrer el campo a sus anchas y volver a casa cansados cuando el sol caía.

Los verdes valles y las colinas cubiertas de bosques, las pequeñas casas de campo y las granjas eran un entorno tan distinto de Londres, que Beth se sentía transportada a otro mundo más que a otra parte de Inglaterra. Parecía descubrir algo encantador y diferente cada día. Una rapaz planeando por encima de las rocas, una nidada de patitos nadando en una charca al lado de un arroyo cantarín o las delicadas alas de una mariposa posada en el verde de la ribera.

Todo aquello tenía un efecto mágico sobre ella. Mientras la piel tomaba un tono dorado debido al sol y el pelo rubio una ligera luminosidad, su mente se renovaba. De pronto pensar en el mañana era excitante y agradable más que algo insoportable por lo que había que pasar con los dientes apretados y una sonrisa fingida. Allí no tenía que fingir ser otra persona. Compraba en tiendas pequeñas pero, aparte de pasar un rato amable con los dependientes, se pasaba el día sola. En Londres había sido muy sociable, allí era una ermitaña. Era maravilloso, liberador. Se sentía renacida.

Y así pasó mayo y llegó junio con una ola de calor. Fue tres semanas después de haber llegado a Shropshire cuando Beth vio el Mercedes pasar por delante de la casa una tarde de viernes mientras lanzaba una pelota a Harvey en el jardín. Se quedó helada. Siguió con la mirada el vehículo hasta que desapareció de su vista sin detenerse.

Por lo que sabía, Travis no había estado por allí desde aquella primera noche.

Harvey ladró para que siguiera jugando, pero siguió haciéndolo mecánicamente sintiendo que tenía los nervios a flor de piel. Era ridículo, simplemente estúpido, pero no podía evitarlo.

¿La habría visto en el jardín? Se dio cuenta de que llevaba puestos unos vaqueros viejos y una gruesa camiseta, no estaba maquillada y llevaba recogido el pelo en una coleta para que no le diera calor.

Salió corriendo al interior de la casa, pero en ese momento se detuvo. No iba a cambiarse de ropa o cepillarse el pelo, o cualquier otra cosa. ¿Qué demonios le estaba pasando? No iba a ir a verla. Deliberadamente, se obligó a entrar en la cocina, se sirvió un vaso de vino y después salió el pequeño jardín trasero en el que había un montón de macetas de flores y un banco de madera. Solía pasar allí las últimas horas del día observando cómo las atareadas abejas iban de flor en flor. Harvey se dejó caer a sus pies y pronto estaba durmiendo. Beth envidiaba su plácida tranquilidad.

No habrían pasado ni veinte minutos cuando llamaron a la puerta. No podía pretender no haberlo oído, además Harvey se había levantado y se había puesto a ladrar. Dejó el vaso, entró en la casa con calma y se dirigió a la puerta delantera. Respiró hondo y abrió. No tenía ninguna duda de quién sería.

–Hola –a diferencia de ella, Travis parecía sereno y frío, la camisa azul oscuro abierta y los pantalones de algodón sin arrugas–. Una visita para ver cómo te va –dijo arrastrando las vocales–. ¿Qué tal? ¿Todo va bien?

–¿Yo? Oh, muy bien, gracias –sabía que se había puesto roja y era bastante humillante, sobre todo en comparación con su aura de autoconfianza. Había olvidado lo grande y atractivo que era–. ¿Quieres... quieres pasar un momento? –preguntó reacia al ver que él no decía nada más.

–Gracias –la siguió al interior de la casa seguido de Harvey, que daba brincos de alegría. De inmediato, la casita pareció encoger–. Esto es muy acogedor –dijo mirando alrededor.

–Estaba tomando un vino en el jardín, ¿te unes a mí?

–Suena bien.

Sonrió despacio y el pulso de Beth se aceleró.

Se escabulló a la cocina lejos de su perturbadora mirada y recordó que el banco era el único sitio para sentarse en el jardín trasero y aunque estaba bien para uno era demasiado pequeño para dos. Travis permaneció en el umbral de la puerta mientras ella buscaba otro vaso y lo llenaba de vino.

–Gracias –dijo aceptando el vaso y apartándose a un lado para dejarla pasar.

Una vez fuera, Beth hizo un gesto en dirección al banco.

–Por favor, siéntate –dijo todo lo informal que pudo, recuperando su vaso y apoyándose en uno de los grandes tiestos de flores que había enfrente del banco–. Y gracias de nuevo por las flores –añadió–, aunque no deberías...

–¿No? –se sentó, apoyó un brazo a lo largo del respaldo y cruzó las piernas en una pose muy masculina–. ¿Por qué no?

–¿Por qué...? –sintió que se le abotargaba el cerebro y después añadió deprisa–. Después de todo lo que hiciste por mí debería haber sido yo quien te hubiera regalado algo en agradecimiento.

Travis sonrió y se encogió de hombros.

–Creo que no. Todo lo que hice fue dejarte una cama para pasar la noche.

Tenía la esperanza que no le brillara la nariz, pero hubiera apostado diez a uno a que sí. También se sentía un poco quemada por el sol. Trató de ignorar el efecto que su voz tenía sobre sus terminaciones nerviosas y dijo:

–No sé qué hubiera hecho si no hubieras aparecido. Era una situación ridícula. Normalmente no soy de las que se ponen nerviosas.

Travis no contestó a eso, simplemente dijo:

–¿Y te sientes mejor ahora?

–¿Mejor? –lo miró con recelo–. No te entiendo.

–Dijiste que habías alquilado la casa una temporada porque no te encontrabas bien –le recordó con amabilidad–. Me preguntaba si te sentías ya algo mejor.

–Oh, ahora estoy bien –dijo con firmeza–. He vuelto a la normalidad.

–Exceso de trabajo, ¿no? –las cejas dibujaron un gesto inquisitivo.

No había esperado que acertara y la pilló con la guardia baja, así que no respondió inmediatamente. Fue cuando lo vio entornar los ojos cuando se obligó a decir:

–En parte, sí –replicó en un tono tan frío como pudo sin resultar ofensiva. No había ninguna posibilidad de que se pusiera a hablar de su pasado con Travis Black. De ninguna manera. Con eso en la cabeza, añadió–: Era paz y tranquilidad lo que buscaba y este sitio las tiene. Nada de levantarse antes del amanecer para atravesar los atascos de Londres, nada de plazos límite, nada de discutir con contratistas o tratar de apaciguar clientes, nada de gente. No he tenido que ver ni a un alma y eso es lo que me gusta –una buena indirecta.

Un ligero gesto de la musculatura de la boca le dijo que había entendido el mensaje. Era un intruso en su pequeño mundo. Beth no quiso sentirse culpable. No le había pedido que fuera a verla. Le había pedido ayuda tres semanas antes pero porque no había tenido otra opción y le había dado las gracias por ello más de una vez. Decidió no seguir esa línea de pensamiento porque acabaría por sentirse culpable y necesitaba ser fuerte delante de ese hombre.

–Pues has generado algo de expectación en los alrededores –dijo Travis con sequedad–. Eres la comidilla del pueblo. ¿Lo sabías? Todo el mundo está consumido por la curiosidad.

Beth hizo un gesto de preocupación.

–¿Por qué están interesados en mí?

–Una mujer guapa y misteriosa que alquila una casita de campo en medio de ningún sitio y vive una vida de reclusión. ¿Cómo no iban a estarlo? –dijo con suavidad–. Son todos los ingredientes para una buena novela.

Beth lo miró a la cara. Estaba disfrutando con todo aquello, provocándola, pensó mientras lo miraba acabarse el vino. No pensaba ofrecerle otro vaso. Adoptó la postura que siempre funcionaba con los clientes difíciles y los contratistas y dijo:

–Siento que la gente no tenga nada mejor de qué hablar. Deben de llevar unas vidas muy aburridas aquí

Fue como una ducha de agua fría para Travis. Se miró los zapatos mientras consideraba las palabras de ella. Un momento inoportuno para reparar en sus espesas pestañas o en lo que se veía por el cuello abierto de la camisa.

Levantó la vista y sonrió mientras decía:

–No te preocupes, Beth. Déjales con sus fantasías. Estoy seguro de que la verdad es mucho más aburrida que cualquier cosa que se les ocurra.

«Descarado», pensó y trató de no mostrar ninguna emoción en su mirada. Dibujó una sonrisa y dijo como sin darle ninguna importancia:

–Garantizado, seguro.

Un pitido agudo llegó desde la cocina para decirle que la cena estaba preparada.

–¿Tienes que ir a ver algo? –preguntó Travis suavemente.

–No, está bien. Me avisa de que está la cena –dijo evasiva con la esperanza de que entendiera la indirecta y se marchara, sobre todo porque no le había rellenado el vaso.

–Creo que huelo algo delicioso –dijo sin embargo–. ¿Qué has preparado? –olió el aire.

–Un guiso –y cuando las negras cejas mantuvieron el gesto de interrogación, añadió–. Carne de cerdo con manzana.

–Suena bien –dijo haciendo un sonido con los labios y siguió sentado.

Beth se empezó a sentir avergonzada al recordar cómo se la había llevado a su casa junto a Harvey y los había tratado tan bien. Aunque en ese momento era diferente, se dijo. Y que hubiera cocinado para dos días con idea de comerse el resto al día siguiente, no tenía nada que ver. Se acabó su vaso y se puso de pie, lo que fue un alivio. El borde del macetero era bastante incómodo. Aun así Travis no hizo ningún movimiento.

El silencio era ensordecedor y, reconociendo que él había ganado, dijo sin entonación

–¿Has cenado ya?

–¿Yo? –dijo con tono de mansedumbre–. No. Ha sido un viaje endemoniado, todo el camino atascado. Sólo pensaba en llegar aquí.

–Tengo cena suficiente para dos, si quieres quedarte –dijo parca y con escaso entusiasmo.

Travis no pareció notarlo.

–¿De verdad? Estupendo, me encantaría. Si no te importa –dijo sonriendo.

Beth ignoró el efecto que la devastadora sonrisa tuvo en su interior y dijo:

–Dentro es todo muy pequeño y no hay mesa en el comedor. Lo siento, te tendrás que conformar con una bandeja en las rodillas –había una pequeña encimera en la cocina donde comía ella habitualmente, pero lo reducido del espacio supondría que estarían hombro con hombro y eso ni se planteaba.

–No es ningún problema –dijo tranquilamente empezando a ponerse en pie.

–No, quédate sentado, te avisaré cuando todo esté preparado. La casita es tan pequeña... –se llevó su vaso–. Te traeré otro vaso de vino.

–Gracias –la miró con los ojos entornados y con una voz sospechosamente aquiescente añadió–. ¿Seguro que no puedo ayudarte? Me siento culpable viniendo a tu casa de esta manera.

–No, está bien. Será un minuto –sonrió nerviosa y desapareció.

Una vez dentro, Beth se dio la vuelta y miró a Harvey, que la había seguido. ¿Cómo demonios había llegado a esa situación? Estaban Harvey y ella sentados tan tranquilos en el jardín disfrutando de la tarde veraniega y, de pronto... Llenó el vaso de Travis y se lo llevó fuera antes de que ignorara lo que le había dicho y se presentara en la cocina.

Estaba sentado con las piernas cruzadas y los ojos cerrados sintiendo en la cara los últimos rayos de sol. Era grande y fuerte y sexy como un demonio y, cuando lo miró, una especie de descarga eléctrica la recorrió hasta los pies. Tuvo que tragar dos veces antes de murmurar:

–Aquí está tu vino –y se aseguró de que sus manos no se rozaran mientras le tendía el vaso.

Volvió al interior y se quedó un momento apoyada en la pila de la cocina con una mano en el galopante corazón. Aquello era estúpido. Tenía que tomar las riendas. Cerró los ojos y los apretó con fuerza. Luego, los volvió a abrir con la mirada perdida.

Después de un momento, se puso a preparar un par de bandejas con los cubiertos y las servilletas, enfadada al ver cómo le temblaban las manos. Respiró hondo varias veces. Bien, pensó, se sentía atraída sexualmente por Travis. Suspiró con alivio. Había estado intentando negar la realidad las tres semanas y no era forma de manejar las cosas. Tenía que ser sincera consigo misma. Quitó del fuego la humeante cacerola. Era una mujer adulta de treinta años, se dijo, no una adolescente. La atracción sexual era lo mismo en todas partes y no importaba nada si uno se enfrentaba a ella con voluntad. La mente sobre el cuerpo, así de simple. No iba a meterse en ninguna aventura con un hombre... el príncipe encantado podría aparecer en ese instante y no se sentiría tentada.

Había creído en Keith totalmente y haber cometido un error tan monumental una vez no era garantía de no repetirlo. Y no estaba preparada para asumir ese riesgo. Si no se hacía vulnerable, entonces nadie podría hacerle daño. Y la forma de no ser vulnerable era no estar cerca de ningún hombre.

Miró en el horno la bandeja de patatas en rodajas cubiertas de mantequilla y especias y le resultó realmente aromática. Por una vez todo parecía realmente delicioso.

Tenía algunas amigas que sabían manejar las citas de una noche y las relaciones sin ataduras perfectamente, pero sabía que ella no era así. Había tenido montones de novios antes de Keith, alguno incluso serio, pero nunca se había comprometido completamente en un sentido físico porque le había faltado algo indefinible. Keith había sido el primer hombre con el que se había acostado y parecía que iba a ser el último. Sonrió y empezó a colocar el guiso en los platos calentados en el horno, después añadió las patatas doradas.

–Debe de haber algo que pueda hacer.

Al oír la profunda voz detrás de ella casi se le cayeron las patatas. Conteniendo los nervios, miró a Travis.

–No, todo está bajo control. Vete a sentarte. Llevaré las bandejas en un momento –dijo, encogiéndose de hombros en lo que era su mejor representación en mucho tiempo.

–Deja al menos que me lleve tu vaso y el resto del vino –había entrado en la cocina y tendía la mano en dirección a la botella.

Ese movimiento hizo que le rozara el brazo con el hombro y que el embriagador aroma de su loción de afeitar le inundara los sentidos. Se quedó helada. No podía respirar. Fue una enorme liberación que se marchara al comedor.

Siguió sirviendo la comida en los platos a pesar de los pequeños escalofríos que le recorrían cada nervio y hacían que no pudiera dejar de temblar. Era una idiota. Travis no iba a saltar sobre ella, por Dios, ni a transformarse en un psicópata.

Pero no era ninguna de esas posibilidades lo que la preocupaba, le decía una vocecita en su cabeza. Era, sobre todo, cómo reaccionaría si trataba de besarla.

Miró los dos platos llenos y respiró con calma. «Tranquilidad, calma. Le das de cenar y tu deuda estará saldada. Mantente fría, pero amable, y entenderá el mensaje».

Colocó los platos en las bandejas. Una hora, dos como mucho y la tarde habría terminado. Después no tendría que volver a verlo, como mucho saludarlo con la mano cuando pasara con el coche por delante.

Travis era la clase de hombre que nunca estaría mucho tiempo sin compañía femenina, seguro. La semana siguiente, o la otra, muy pronto, seguro que vería a una rubia, o una morena, o una pelirroja sentada a su lado en el coche cuando pasara. A lo mejor incluso una sucesión de ellas según pasasen los meses. Y eso estaba bien, muy bien.

Levantó la barbilla, enderezó la espalda y apretó los labios. Y fue así, con la cabeza alta como le llevó su bandeja a Travis.

Capítulo 4

ESTABA estupendo –dijo Travis dejando el cuchillo y el tenedor con la apariencia de estar repleto.

–Me alegro de que te haya gustado –dijo Beth, de hecho estaba sorprendida por lo bien que sabía la comida para ser alguien que normalmente provocaba un desastre cociendo huevos–. No tengo nada parecido a pastel de avellanas o tarta de manzana, lo siento –añadió con una breve sonrisa–, pero tengo queso y galletas de postre, si quieres.

–Mi postre favorito –sonrió–. Además, el pastel de avellanas y la tarta de manzana eran comprados.

Demasiado acogedor. Demasiado íntimo. Beth se levantó de la silla en la que se había sentado cuando Travis había ocupado el sofá, pero él se levantó también.

–Déjame –dijo con firmeza quitándole el plato de las manos y llevándolo a la pila de la cocina antes de que ella pudiera decir nada.

Beth se quedó de pie en la puerta. La cocina era demasiado pequeña para los dos, pero no podía echarlo.

–Por favor, deja de fregar, lo haré yo más tarde –dijo finalmente–. Vamos a tomarnos otro vino.

–Estoy a punto de acabar –pasaron un par de minutos antes de que terminara, se diera la vuelta y se apoyara en la pila con los brazos cruzados y una mirada escrutadora–. ¿Han abusado de ti? Sexualmente, quiero decir –preguntó de un modo impactantemente práctico.

–¿Qué? –no podía dar crédito. Se ruborizó–. Claro que no.

–No tiene por qué ser «claro». Ocurre.

–Bueno, no a mí –no podía creer que le hubiera preguntado algo así, quería morirse por la vergüenza.

–Entonces ¿por qué saltas en cuanto estoy a menos de un metro de ti? –preguntó con frialdad.

–Yo no hago eso –lo miró–. No digas tonterías.

–Creo que sí –se incorporó y dio un par de pasos en dirección a ella.

Beth tensó todos los músculos y permaneció inmóvil mientras él la miraba.

–Que haya venido aquí buscando paz y tranquilidad no significa que haya tenido un problema muy grande –dijo con férreo control–. Simplemente no me apetece relacionarme con la gente. ¿Es un crimen?

–En absoluto –dijo con suavidad.

No la estaba tocando, pero estaba tan cerca, que casi podía notar su pulso, y tuvo que recurrir a toda su fuerza de voluntad para no apartarse.

–Bueno, si te quitas de en medio, llevaré las galletas y el queso –dijo en tono glacial.

–Si no te han atacado sexualmente, entonces ¿por qué es? –preguntó con mucha tranquilidad–. Porque hay algo, ¿verdad? Algo que te hace apartarte del resto de los humanos. O de la mitad masculina. No ha sido sólo el trabajo lo que te ha traído aquí.

No sabía cómo manejar su amable persistencia. Los segundos parecían durar una eternidad. Finalmente pudo decir:

–¿Siempre eres así? Tan...

–¿Directo? –terminó la pregunta.

–Iba a decir ofensivo.

–Siempre –no sonrió.

Beth sabía que el rostro le ardía.

–¿No has oído nunca que es de mala educación invadir la privacidad de los demás? –preguntó lacónica.

Él ignoró la pregunta, y Beth tuvo la sensación de que siempre ignoraría lo que no quisiera responder.

–¿Cómo se llamaba él? –preguntó con suavidad–. ¿El hombre que te decepcionó?

Lo miró fijamente mientras su cabeza corría a toda velocidad. Era inútil andarse con rodeos, podía leerlo en sus ojos.

–Keith –a pesar de que era difícil, continuó mirándolo a los ojos–. Se llamaba Keith, ¿de acuerdo? Fue mi marido una temporada hasta que descubrí que tenía otra mujer y dos hijas que había olvidado mencionar. A mis ojos, aunque no a los de la ley, era bígamo.

Lo vio parpadear y supo que lo había impactado.

–Lo siento –su voz era profunda y sincera–. No puedo imaginarme cómo te habrá hecho sentir algo así.

Había algo en el severo rostro masculino que hizo que sintiera ganas de llorar, pero ya había llorado como para llenar un océano los últimos meses. Para combatir la debilidad, hizo que su voz sonara poco seria.

–Me sentí muy mal, pero creo que lo he superado. Y, afrontémoslo, no hay muchas mujeres que consigan ser la esposa legal y la «otra» al mismo tiempo. Realmente los siento por Anna. Tampoco sabía nada de mí y tenía dos niñas pequeñas de las que hacerse cargo. Era muy listo para dividirse entre dos hogares y tener contentas a las dos. Incluso puede que hubiera alguna mujer más. No me sorprendería.

–¿Así que lo dejaste? –preguntó Travis con tranquilidad.

–Oh, sí. De inmediato. Ya estamos divorciados, así que es historia –dijo finalmente–. Todo empeoró porque mi hermana y yo acabábamos de perder a nuestros padres en un accidente y yo trabajaba demasiado para tratar de olvidarlo todo. Gran error. Así que ya ves que no hay ningún gran misterio por el que haya venido aquí. Realmente no. Simplemente decidí que necesitaba unas largas y agradables vacaciones, eso es todo.

–¿Qué pasa con el género humano?

–¿Perdón? –frunció el ceño.

–¿Cuándo vas a volver a socializar? ¿A salir? –dijo con suavidad.

–Eso es asunto mío –dijo en tono glacial mirándolo a los ojos.

¿No se daba cuenta de lo devastador que había sido todo aquello?

Travis levantó las manos en un gesto de rendición y dio un paso atrás.

–De acuerdo, de acuerdo, no saques las uñas de nuevo. Sólo me preguntaba cuánto tiempo vas a permitir que te condicione la vida ¿Meses, años?

–¿Qué? –Beth estaba sin habla. ¿Cómo se atrevía?

La miró sin expresión.

–Bueno, ese tipo evidentemente era un bala perdida; en todas las generaciones, hay unos pocos. Son peligrosos, lo admito, pero sólo hasta que los reconoces. Después, una vez que reciben su merecido, tienes que seguir con tu vida. Si no, habrán ganado.

Beth no podía recordar sentirse tan alterada desde hacía mucho tiempo.

–Tan fácil como eso, ¿no? –dijo sonriendo–. Bueno, soy una imbécil por no darme cuenta de que el mundo es un paraíso y que la luna en realidad está hecha de queso. La próxima vez creeré en Santa Claus y en el ratoncito Pérez.

–Lo que tú quieras...

Por primera vez desde que había dejado de ser una niña, Beth se descubrió pataleando. De pequeña tenía la tendencia a expresar su enfado pataleando. Esa breve falta de control fue como un cubo de agua en el fuego de su ira. Respiró hondo y dijo:

–Creo que es mejor que te vayas.

–¿Porque te he dicho la verdad? –dijo perezosamente sin moverse–. Eres lo bastante mayor como para aceptarla, seguro.

Casi se puso a patalear de nuevo. «Hiriente, arrogante cerdo».

–La verdad según Travis Black –puntualizó–, lo que no significa que necesariamente sea la verdad.

–Piensa en lo que te he dicho y verás que tengo razón –ya no sonreía–. Eres demasiado guapa y cálida y valiente como para recluirte, Beth, y, si no tienes cuidado, cuanto más tardes en meter la punta del pie en el agua, más tardarás en zambullirte y nadar.

–¿Y si no quiero volver a nadar? –dijo tensa–. Es cosa mía, seguro. Tengo criterio propio.

–Créeme, no lo dudo –su tono era seco.

–Por favor, vete –se dio la vuelta y se dirigió al comedor, preguntándose qué haría si no la seguía. Lo hizo.

Cuando abrió la puerta y se quedó a un lado para dejarlo pasar, se detuvo delante de ella.

–Vendré a recogerte el domingo a las doce para salir a comer –dijo con tranquilidad–. En punto, ¿de acuerdo?

Lo miró absolutamente sorprendida, demasiado sorprendida como para sentirse ofendida por su atrevimiento. Recuperó la voz y dijo:

–Eres la última persona del mundo con la que saldría a comer, Travis, así que no pierdas el tiempo.

–Doce en punto –se inclinó y le dio el beso más suave posible en los labios antes de marcharse. La oscuridad lo devoró y desapareció.

No esperó a ver si llegaba hasta el coche antes de cerrar la puerta y apoyarse contra ella como si las piernas no la sostuvieran. Harvey estaba a sus pies lloriqueando y fue sólo entonces, cuando lo acarició para tranquilizarlo, cuando se dio cuenta de que estaba temblando.

Había sido el más breve de los besos, apenas podía llamarse beso, entonces, ¿por qué la había afectado tanto? La silenciosa habitación no tenía respuestas. No las que ella esperaba

Después de un par de minutos, sintió que tenía la fuerza suficiente para separarse de la puerta y caminar hasta la cocina y ver lo que había quedado de guiso.

–Una convención social –pronunció las palabras en voz alta como para convencerse a sí misma.

Eso era un beso como aquél para un hombre como Travis. Algo que hacer cuando te vas de una fiesta o similar. Un final educado para una tarde. Se cubrió el ardiente rostro con las manos. Se sentía mareada por tantas emociones. No quería sentirse así. No quería que él la afectara tanto. Gruñó y sacudió la cabeza enfadada por su debilidad. Había dicho que Keith era peligroso, pero Travis también lo era en cierto modo. ¿Qué iba a hacer?

Seguía haciéndose la misma pregunta cuando se metió en la cama esa noche agotada mental y emocionalmente. Analizando cada palabra pronunciada, cada gesto, cada cambio de tono en la voz de Travis... Pero una cosa era cierta, se dijo mientras se tumbaba en la cálida oscuridad aromatizada por las rosas que creían bajo la ventana abierta: no iba a ir a comer con él el domingo. Aún no podía creerse que hubiera dicho eso después de cómo había transcurrido la tarde. Era una prueba de su arrogancia.

Un búho ululó en el bosque y el elemental sonido la reconfortó. En medio de todo el trauma y el sufrimiento que habían supuesto la traición de Keith y la muerte de sus padres, ese bosque había seguido allí como siempre. Algunos de sus robles llevaban allí desde siglos antes de que ella hubiera nacido y seguirían cuando hubiera muerto.

Se subió las sábanas hasta las orejas y cerró los ojos decidida a dormir. No podía evitar que Travis se presentara allí el sábado por la mañana, pero sí podía no estar ella. Y eso no era cobardía. Era dejar meridianamente claro que no quería saber nada de él. Nada.

A pesar de su convicción de que estaba haciendo lo único posible dadas las circunstancias, Beth no podía dejar de sentirse culpable mientras salía de la casa a las diez de la mañana del domingo. Se había preparado algo para comer en el campo y trataría de pasar el cálido día de verano en las colinas de los alrededores. Y no pensaría en nada.

Pasó todo el día al aire libre y volvió a casa a la caída del sol. La hierba bajo sus pies era blanda y resplandecía a la luz de la tarde mientras la cálida brisa la mecía. Los pájaros cantaban mientras se preparaban para pasar la noche en los árboles y las ovejas pacían tranquilas en los prados que rodeaban la casa. Cuando se acercaba a la puerta del jardín, unos enormes pájaros volaron en círculo en lo alto bajo los últimos rayos del sol. La belleza del momento dejó a Beth sin respiración.

Entonces, ¿por qué si había pasado un día perfecto con Harvey y todo era tan tranquilo y lleno de paz se sentía tan desdichada?, se preguntó mientras abría la cancela. Había pasado todo el día intentando no pensar en Travis, pero no lo había conseguido ni un minuto. Y no era que hubiera hecho algo incorrecto, realmente no. Le había dicho que no comería con él, así que, si había ido a buscarla y ella no estaba, el único culpable era él. Ella no era responsable de su cabezonería.

Estaba llegando a la puerta de la casa cuando oyó llegar un coche por la pista. El pulso se le disparó, pero diciéndose que antes o después tendría que encontrarse con él, y que cuanto antes mejor, se dio la vuelta y deshizo el camino hasta la cancela. Cuando el coche estuvo a la vista, estaba de pie sujetando a Harvey del collar sin ser consciente de lo a la defensiva que parecía en la oscuridad. El coche se detuvo, pero al mismo tiempo que Travis se bajaba, una guapa morena salía por la otra puerta.

–Tú debes de ser Beth –antes de que Travis dijera una palabra, la chica estaba en la puerta–. He oído hablar mucho de ti. Creo que es terrible que hayas decidido apartarte del mundo y vivir sola en medio de la nada.

Completamente sorprendida, Beth esbozó una sonrisa.

–Gracias... creo... –dijo manteniendo la vista apartada de Travis.

–Soy Sandra, la hermana de Travis y no te reprocho que lo hayas plantado a la hora de comer –le tendió la mano y, un poco aturdida, Beth se la estrechó–. Yo habría hecho exactamente lo mismo en tu lugar.

–Hola, Beth –la voz de Travis era seca y al mirarlo se dio cuenta de que su gesto seguía siendo imperturbable.

Respondiendo a Sandra pero mirando a Travis, Beth dijo un poco temblorosa:

–No le he dejado plantado. Le dije que no iba a comer con él. Lo dejé absolutamente claro.

–Pero él no acepta un no por respuesta –asintió Sandra–. Así es mi hermano. La de historias que podría contarte. Es realmente testarudo. Cuando se le mete algo en la cabeza...

–Ya has conocido a Beth, Sandra, es hora de irnos –la voz de Travis era suave y fría cuando interrumpió a su hermana, pero no había ninguna duda de que era una orden.

La chica abrió la boca como para protestar, pero cuando vio la cara de su hermano, decidió que era mejor no hacerlo.

–Nos veremos pronto –hizo una mueca a Beth antes de dar la vuelta al coche, meterse dentro y cerrar la puerta.

Beth tenía el estómago hecho un nudo, pero su rostro no dejaba apreciar nada de lo que ocurría en su interior mientras miraba a Travis tratando desesperadamente de ignorar lo guapo que estaba.

–Te dije que no estaría –dijo rotundamente–. ¿Te acuerdas?

–Me acuerdo. Fue algo así como que sería la última persona del mundo con la que comerías, ¿no?

–Así fue –dijo ruborizándose ligeramente–, así que no puedes decir que te he plantado.

–No lo he dicho, ha sido Sandra –sonrió–. Ha sido su interpretación de los hechos, no la mía. Estaba seguro al noventa y nueve por ciento de que no estarías. Y así ha sido.

–Entonces ¿por qué has venido a buscarme, por qué te has molestado?

–Tenía ese uno por ciento de esperanza –dijo con suavidad–. Buenas noches, Beth –se dio la vuelta y se alejó.

Había llegado al coche antes de que ella fuera capaz de decir:

–Travis. Lo siento. No el no haber comido contigo porque no quería comer con nadie, sino haber sido tan... –no supo qué decir.

Él permaneció de pie al lado de la puerta del coche. En la oscuridad sus ojos parecían negros y una extraña sonrisa iluminaba su rostro.

–¿Susceptible? –sugirió delicado.

–Maliciosa –tragó con dificultad–. Porque no soy así habitualmente. Al menos creo que no lo soy. Aunque he cambiado desde el divorcio, así que, a lo mejor, es que soy así en realidad. Espero que no –se detuvo en seco. Estaba balbuceando–. Da lo mismo. Lo siento –terminó rotunda.

–¿Cuánto lo sientes?

–¿Qué? –preguntó arqueando una ceja.

–¿Cuánto lo sientes? –preguntó con una suavidad increíble, como con amable paciencia– ¿Lo suficiente como para compartir esa comida conmigo cuando vuelva por aquí sin pensar que hay motivos ocultos como arrancarte la ropa y poseerte? La verdad es que sexualmente no eres mi tipo, Beth, pero te encuentro interesante como persona. Y eso es un cumplido –añadió–. Hay muy poca gente, hombres o mujeres, a quienes encuentre interesantes.

–Ya –dijo demasiado impactada. Encantador, absolutamente encantador.

–Somos vecinos y en esta zona eso significa que estamos pendiente uno del otro –continuó Travis alegre–. ¿Lo entiendes? Viviendo como vives de modo tan solitario, me preocupa que te pongas enferma o tengas un accidente y no se entere nadie.

–Tengo un móvil –dijo tensa– y hablo mucho con mi hermana. Y con los amigos –añadió deprisa para que no pensara que era una amargada; aunque era lo que parecía.

Era evidente que sentía lástima por ella.

–Claro –dijo en tono tranquilizador, tan tranquilizador, que sintió ganas de darle un puñetazo–, pero no es lo mismo que ver a alguien de carne y hueso, ¿verdad?

Beth no pudo evitar sentir un escalofrío. Incluso aunque se decía a sí misma que Travis sólo sentía pena por ella, no podía dejar de inventar dobles sentidos a sus palabras. Le ardían las mejillas.

–Soy perfectamente capaz de cuidar de mí misma, así que no te preocupes por mí –dijo sonriendo. No necesitaba nada de Travis Black.

–A pesar de eso, me gustaría pensar que puedo llamarte o que me llames si surge la necesidad. ¿Lo entiendes? Creo que lo que estoy tratando de decirte es que sería bueno que fuéramos amigos, Beth. ¿De acuerdo? –levantó las negras cejas inquisitivo.

Nunca se había sentido tan insultada en su vida. La sensación estaba ahí incluso a pesar de que se decía a sí misma que estaba siendo muy poco razonable, por no decir contradictoria. No había deseado que él se interesara por ella, ¿verdad? Claro que no. Se lo había estado repitiendo desde que había llegado a Shropshire. Y le estaba ofreciendo una amistad platónica. Debería sentirse aliviada, pero no era así, se sentía... Oh, no sabía cómo se sentía, lo que era mucho peor.

Al ser consciente de que estaba esperando una respuesta, esbozó una sonrisa y dijo:

–Sí, claro, lo entiendo. Está bien, muy bien.

–Estupendo –tuvo el atrevimiento de sonreír, lo que hizo que le hirviera la sangre–. Me alegro de haber tenido la oportunidad de aclarar las cosas. Me voy hoy, pero ¿qué te parece que comamos la próxima vez que venga?

Era casi imposible rehusar la invitación, así que apretando los dientes dijo:

–Bien, de acuerdo.

–Estupendo.

Hizo un movimiento como para abrir la puerta del coche pero pareció cambiar de opinión. Mientras caminaba en dirección a ella, Beth sintió un vuelco en el estómago.

–Nos vemos pronto entonces –dijo, inclinándose sobre ella y repitiendo el gesto de rozarla con sus labios.

Una despedida amable, sin nada sexual. Simpática.

Al menos estaba claro que era un beso de convención social, pensó Beth temblando mientras lo miraba volver al coche y meterse dentro. Un momento después se alejaban, y Sandra se despedía con la mano desde el asiento del acompañante. Por desgracia despedirse no era tan simple para ella, pero entonces recordó con amargura que ella, aparentemente, no le gustaba a Travis. No era nada para él. Mientras que ella... A ella lo que le gustaría era quitarle los pantalones.

Algo puramente físico, se dijo. No implicaba ningún sentimiento, sólo hormonas. Lo que podía tener una explicación: había tenido una activa vida sexual con Keith y se había interrumpido de repente. Era natural que al empezar a sentirse mejor su cuerpo le recordara que era una mujer de carne y hueso. Mientras había estado trabajando tanto, asumiendo la muerte de sus padres y afrontando la traición de Keith, no había habido tiempo para esas cosas. En ese momento, descansada y con un entorno como aquél, las cosas habían cambiado. La vieja libido había resucitado y se había puesto en marcha de nuevo.

Se dirigió a la puerta donde Harvey la esperaba tumbado. El perro se puso de pie cuando ella se acercó anticipando ya la cena. Beth sonrió y lo acarició mientras pensaba que tendría que hacer algo respecto a Travis... como con cualquier otro hombre. Simplemente daba la casualidad de que él era quien había despertado ese aspecto de su vida.

Se repitió lo mismo muchas veces esa noche antes de irse a la cama. Se lo seguía repitiendo cuando se quedó dormida. Y ni una sola vez se permitió preguntarse por qué era tan importante relegar a Travis al rango de los hombres normales.

Capítulo 5

LA semana siguiente transcurrió con increíble lentitud, probablemente porque se la pasó pensando en Travis. Dónde estaría, qué estaría haciendo y con quién... Trató de distraerse dando agotadores paseos con Harvey, limpiado la casita de arriba abajo y escribiendo larguísimas cartas a todo el mundo contando lo bien que estaba.

Según se aproximaba el fin de semana, se descubrió contando las horas horrorizada por su debilidad, especialmente porque no era capaz de identificar sus sentimientos, que le tenían el corazón en un puño a veces por la excitación y otras por el nerviosismo.

El viernes por la mañana, sonó el móvil cuando estaba sentada con Harvey en la hierba del jardín trasero con una taza de café y un plato de galletas de chocolate. El corazón casi se le paró antes de darse cuenta de que Travis no tenía su número, así que no podía llamarla para quedar el fin de semana. Sacudió la cabeza y atendió la llamada.

–¿Beth? –la voz de Catherine era chispeante–. ¿Sabes qué? La madre de Michael se ha ofrecido a quedarse con James un par de días, así que podemos pasar un fin de semana de enamorados y Michael ha reservado habitación en un hotel a las afueras de Shropshire, así que podemos quedar para cenar. ¿Qué te parece? Tengo muchas ganas de verte, parece que hace siglos...

–Pero se supone que es un fin de semana para Michael y tú, ¿no le importará? –se llevaba bien con su cuñado, pero no quería aprovecharse de su bondad.

–Querida, ha sido Michael quien lo ha sugerido y quien ha reservado el hotel, te lo prometo. Sabe cuánto te echo de menos. Y sólo serán unas horas. Le recompensaré bien por su sacrificio, te lo aseguro –soltó una risita–. Bueno, ¿qué tal si te recogemos mañana por la tarde? ¿A eso de las seis? Podrás contarme todos los cotilleos que te sepas, será maravilloso.

–Cath, no he visto a un alma y eso es lo que quiero, pero ven si estás segura de que puedes perder algo de tiempo de tu precioso fin de semana. Me encantará verte, pero sólo si estás segura.

–Totalmente. Te llevaré las últimas fotos de James. No te vas a creer lo que ha cambiado en un mes. Nos vemos mañana. Te quiero hermanita. Mucho.

–Yo también te quiero y no puedo esperar para verte.

Beth colgó y dejó el teléfono para tomar la humeante taza de café y probar la crema con la punta de la lengua. Tenía la esperanza de que Travis se pasara antes del domingo para así poderle decir que iba a salir. Eso le enseñaría a no sugerir que era una especie de huérfana sin amigos. Entonces se puso en pie enfadada consigo misma por preocuparse de lo que pensara o no pensara él. Por Dios, ¿qué pasaba con ella? Estaba permitiendo que Travis monopolizara sus pensamientos de un modo que no había sucedido nunca. Tenía que tomar las riendas. Se estaba convirtiendo en una neurótica.

Se bebió el café y compartió las galletas con un babeante Harvey antes de irse a dar un largo paseo y, una vez de vuelta en casa, trabajó en el jardín delantero el resto del día. Después de comprobar que no había ningún problema con el dueño de la casa a través de John Turner, había decidido poner unas flores delante de la fachada y había comprado algunas bandejas de brillantes prímulas, margaritas y otras plantas en un vivero. Podía no tener mucha lógica desde un punto de vista económico, pero sentía que la casa le estaba dando tanto, que le apetecía poner algo de su parte.

Estuvo trabajando hasta que empezó el crepúsculo, rechazando reconocer que se había pasado la tarde pendiente del sonido de un coche. Al final, cuando ya estaba demasiado oscuro para ver, se metió en casa con un cabizbajo Harvey, a quien había regañado más de una vez por escarbar en la tierra recién removida.

A lo mejor Travis no iba ese fin de semana. Mientras preparaba la cena, Beth se dijo que no importaba. A lo mejor los compromisos en el trabajo o de naturaleza más personal lo mantenían en Bristol. Era un hombre muy atractivo; debía de haber muchas mujeres con los ojos puestos en él.

No sabía por qué se sentía tan contrariada e irritable cuando se acostó, o por qué seguía despierta dos horas después antes de caer en un sueño lleno de complicadas pesadillas e imágenes sombrías. O quizá es que simplemente no lo quería saber.

Catherine y Michael aparecieron a las seis en punto al día siguiente. Harvey estaba encantado de ver a sus viejos amigos y les dio una soberbia bienvenida. Catherine y su marido reconocieron que les encantaba la casita y su entorno.

–Ya entiendo por qué elegiste este lugar –dijo Catherine una vez que les hubo enseñado todo y estaban sentados en el sofá tomando algo frío–. Es tan tranquilo... Eso sí, no me gustaría pasar aquí el invierno yo sola.

–Para entonces estaré de vuelta en Londres –dijo Beth sonriendo mientras hablaba, aunque la casa ya le parecía su hogar.

–Y ¿qué pasa con él... tu caballero de la armadura reluciente? –preguntó burlona–. ¿Has vuelto a verlo desde que te salvó del desastre?

–Menudo desastre... –dejó escapar una carcajada con la esperanza de que su hermana no notara lo forzada que era.

Le había contado su accidentado comienzo en Shropshire, pero había pasado casi de puntillas sobre la parte de Travis, aunque estaba segura de que Catherine no había olvidado que un atractivo soltero residía en las proximidades. Su hermana le había dejado claro más de una vez que creía que la mejor forma de olvidar a Keith era encontrar a otro. De hecho, lo habían discutido justo antes de que Beth abandonara Londres. No estaban de acuerdo.

–Bueno, ¿lo has visto de nuevo? –insistió, ignorando la mirada de Michael en el sentido de que estaba siendo demasiado preguntona–. Se llama Travis, ¿no?

Beth asintió.

–Una o dos vez de pasada –dijo como sin importancia y añadió–. ¿Dónde están esas fotos de James? Me muero por verlas.

El cambio de tema funcionó como Beth había pensado. Catherine besaba el suelo que pisaba su hijo y ya había reconocido que había llamado seis veces a la madre de Michael desde que habían salido de Londres... sólo para asegurarse de que todo iba bien.

Beth hizo todo tipo de exclamaciones mientras veían las fotos de su sobrino, pero mientras tanto estaba pensando que era muy raro que Travis no hubiera aparecido. Aunque así hubiera visto que no era la ermitaña que él pensaba, también Catherine podría haber sacado una conclusión equivocada. Una vez que Catherine se proponía una misión, ni un caballo salvaje podía detenerla.

Michael había reservado una mesa en el hotel en que se alojaban Catherine y él y que estaba a media hora en coche. A pesar de que Beth se sentía culpable de que hubieran hecho tantos kilómetros para verla, se decía que había sido idea de Michael y estaba encantada. No había posibilidades de encontrarse allí con Travis. El bar del pueblo habría sido más peligroso.

Había dedicado algo de tiempo a arreglarse antes de que su hermana y Michael llegaran, decidida a causar buena impresión a Catherine. Sabía que ella se preocupaba, así que había tenido un cuidado especial y había elegido un vestido sin mangas de ligero chifón azul oscuro que realzaba el color de sus ojos, con un cinturón de lentejuelas y unas sandalias sujetas al tobillo. Se sentía bien al ponerse maquillaje y se preocupó por su pelo por primera vez en siglos.

Sobre las siete. Michael sugirió que se marcharan. Beth estaba lista para irse después de recoger su bolso y una chaqueta de algodón de su dormitorio.

Después de decirle a Harvey que vigilara, algo que el perro interpretó como que se iba con ella, Beth se dirigió a la puerta. Catherine le preguntó varias veces en tono de broma si estaba segura de llevar las llaves mientras Beth abría la puerta, pero cuando le fue a contestar en el mismo tono, se quedó sin habla.

Con los ojos abiertos de par en par, se encontró con Travis, que bajaba la mano con la que iba a llamar a la puerta. Estaba bien. Mucho mejor que bien. Sensacional.

–Hola, Beth.

Lo dijo casi en un murmullo, pero fue bastante para atraer la atención de Catherine que dijo en tono brillante:

–Bueno, hola. No te hemos oído, ¿verdad Beth? Soy Catherine, la hermana de Beth. Y como parece que ella no nos va a presentar... –hizo un gesto en dirección a Michael, que estaba fuera de la vista de Travis y había tenido la buena educación de no salir corriendo tras su mujer–. Es mi marido, Michael.

Beth se recobró y respiró hondo.

–Lo siento –dijo finalmente–, me has sobresaltado, eso es todo. Catherine, Michael, éste es Travis Black. Creo que os he contado que me ayudó mi primera noche aquí.

–¿Cuando te dejaste las llaves dentro te alojaste en su casa? –dijo Catherine atrevida–. Lo recuerdo.

–No olvides que iba incluida una buena cena –dijo Travis sonriendo a Catherine por encima del hombro de Beth, que tuvo que apartarse para que su hermana pudiera estrechar la mano que Travis le tendía–. Me alegro de conocerte, Catherine.

Mientras Catherine sonreía a Travis, Michael se acercó y también le estrechó la mano de modo que Beth se encontró metida más dentro de la casa. ¡Un minuto más y acabaría en el jardín trasero!

–Un poco más y no estamos –dijo Catherine animada–. Hemos venido para salir a cenar con Beth. ¿Has cenado ya? –añadió burlona.

–No, todavía no –dijo Travis tranquilamente–. De hecho iba a proponerle a Beth que cenara conmigo, pero si estáis vosotros... –hizo una pausa delicada. Beth lo habría abofeteado.

–Oh, no, no, debes venir con nosotros –dijo Catherine rápidamente mientras Travis empezaba a marcharse–. Insistimos, ¿verdad, Michael? Hemos reservado una mesa en el hotel donde nos alojamos, The Larches. ¿Lo conoces? Creo que se come bien.

Travis asintió, sus ojos pasaron de la pareja que tenía delante a Beth.

–A lo mejor Beth preferiría teneros para ella sola –dijo suavemente–. Estoy seguro de que tendréis un montón de cosas de las que hablar.

–No –dijo Catherine mirando primero a Beth y después de nuevo a Travis–. Hablamos por teléfono casi todos los días durante horas –dijo–, y nos encantaría agradecerte que te ocuparas de ella.

Estaban hablando de ella como si de pronto se hubiera quedado ciega, sorda y muda, pensó Beth.

–Por supuesto que debes venir si no has cenado –dijo Beth a Travis con dulzura, teniendo muy claro que ya estaba decidido. Diez camiones no habrían detenido a Catherine–. No podría ver pasar hambre a un amigo cuando la solución es tan sencilla.

Los labios de Travis se curvaron en una sonrisa tan sexy, que Beth pensó que debía de ensayarla durante horas para conseguir un resultado tan devastador.

–Entonces, gracias. Me encantará –dijo sencillamente y se volvió hacia Catherine–. ¿Qué te parece si Beth y yo os seguimos? Así la traeré de vuelta después de la cena.

–Bueno, si estás seguro... –dijo Catherine, sonriendo.

–Completamente –le devolvió la sonrisa.

Estupendo. Beth deseó tener dos años para poder patalear por el berrinche, pero no era una niña. Tenía la boca seca y tuvo que tragar dos veces antes de decir:

–Bueno, ya que está todo arreglado, a lo mejor deberíamos irnos, la mesa era para las ocho.

–Claro. Es nuestro primer fin de semana libre desde que nació nuestro hijo. La madre de Michael se ha quedado con él... –mientras Catherine tomaba a Travis del brazo y seguía hablando con él mientras atravesaban el jardín, Michael sólo tuvo tiempo de decir con los labios un «lo siento» a Beth antes de que Travis se soltara de Catherine y abriera la cancela del jardín para que pudieran pasar todos.

Fue plenamente consciente de su altura y su aliento cuando pasó, los pantalones oscuros y la camisa blanca acentuaban el contorno de las caderas y sus poderosos hombros. También notó el delicioso aroma de la cara loción de afeitar y le valió como excusa para explicar la dificultad que tenía para respirar. Había algo en Travis que lo hacía naturalmente duro y sensual, aunque al mismo tiempo tenía un lado cálido y amable sin dejar de ser masculino.

Atracción animal. Una lujuria básica. Recurrió a esas palabras deliberadamente. Una provocaba la otra, así de simple. Era lo que movía el reino animal y mantenía la población humana. Había sentido la misma química con Keith, de un modo distinto a Travis, pero había estado ahí desde el principio. Las mujeres caían a los pies de hombres así sin importarles si estaban libres o tenían otra relación. Era peligroso, con grandes posibilidades de que se convirtiera en un desastre para la mujer afectada, pero algunos hombres sólo tenían que sonreír para que las hembras cayeran como moscas. Ella no. Nunca más.

Beth estaba tan absorta en sus pensamientos que ni siquiera se fijó en el coche de Travis hasta que casi chocó con él. Incluso en ese momento fue más por la expresión de su hermana que por ella misma.

–¡Vaya, esto debe de haberte costado una fortuna! –exclamó Catherine–. Michael se moriría por uno así, ¿verdad, Mike? Es el sueño de cualquier hombre.

Mientras Michael asentía pensativo, Beth miraba las hermosas líneas del Aston Martin aparcado al lado del familiar de Catherine y Michael.

–Éste no es tu coche de siempre –dijo acusadora mientras Travis le abría la puerta.

Travis la miró con la pensativa mirada que solía reservar para ella. Una mirada del tipo «ya estamos otra vez», llena de paciencia y autocontrol, pensó Beth irritada.

–Tengo el familiar para cuando llevo a los perros y éste para cuando no –dijo sencillamente–. Debido a la presión del trabajo, no he podido venir hasta ahora y tengo que volver mañana por la tarde, así que no los he traído, están bien con mi ama de llaves en Bristol.

Tenía un Mercedes y un Aston Martin, la hermosa casa que había visto la primera noche y otra casa con ama de llaves. ¡Madre mía, cómo se pagaba el diseño industrial! Beth se deslizó al interior de cuero.

En cuanto él entró en el coche, Beth se arrepintió de no haber ido con su hermana y Michael. Habría quedado ridículo, desde luego, pero habría sido mucho mejor para ella. Metida en aquel coche tan sexy con Travis corría el riesgo de desmayarse.

Se sentó tan rígida como un palo mientras él maniobraba para poner el coche en la dirección apropiada. Tenía el pulso desbocado. En su campo visual aparecían unas poderosas manos masculinas en un volante y unos pantalones que ceñían unos musculosos muslos. Era desconcertante.

Cuando empezaron a seguir al otro coche por la pista, Travis se acomodó en su asiento y Beth sintió el efecto de esa acción en cada célula de su cuerpo. Tragó para combatir la sequedad de la boca y se puso a mirar por la ventanilla como si no hubiera contemplado la vista jamás.

–Tu hermana no se parece mucho a ti –observó Travis con frialdad.

Beth lo miró por el rabillo del ojo y vio que estaba totalmente relajado y cómodo. El resentimiento que sentía le permitió decir:

–Pues a la gente siempre le llama la atención lo que nos parecemos. Catherine sólo tiene un par de años más que yo y hay veces que creen que somos gemelas.

–No me estaba refiriendo a la apariencia física.

–¿No? –de algún modo notó que ella salía perdiendo en la comparación. No quería preguntar, pero no lo pudo resistir–. ¿A qué te refieres exactamente?

Travis se encogió de hombros y pensó un momento antes de murmurar:

–Ella es amigable, animada y divertida.

Beth miró la cuadrada mandíbula y dijo rígida:

–Haces que parezca un cocker spaniel.

–No es mi intención, te lo aseguro –dijo con una sonrisa torcida.

Sabía que no debería preguntar, era lo peor que podía hacer, así que en su cabeza sonaron todas las alarmas cuando se oyó decir:

–Si Catherine es un cocker, entonces ¿qué soy yo?

–Muy diferente.

No estaba segura de si se había imaginado calidez en su voz, pero sintió un temblor igualmente. Estaba agradecida de que estuviera concentrado en la carretera y no lo notara. Forzando un tono desenfadado dijo:

–¿Eso me pone más cerca del collie o del terrier? ¿Algo a medio camino?

Esa vez Travis sí rió cuando contestó.

–No soñaría con compararte con un perro, Beth.

Su tono divertido provocó una riada de sensaciones a lo largo de su cuerpo traidor. Estuvo un buen rato en silencio y después respiró hondo por la nariz.

–Pero tú admiras la alegría de Catherine –dijo en tono ligero como si no le importara nada.

–Hay de todo en la viña del señor.

Indudablemente, pero eso no era una respuesta. Lo miró de soslayo. Su sonrisa esa vez le dijo que se había dado cuenta. Giró corriendo su cabeza y miró al frente de nuevo. Maldito. Se acomodó en el sitio y después se quedó completamente quieta. Fría y sosegada, así era como había que ser con Travis Black. Decidió cambiar radicalmente de tema.

–Es evidente que tienes mucho trabajo en este momento. Me sorprende que hayas decidido venir este fin de semana.

–¿Sí? –los ojos grises brillaron al mirarla un momento antes de volver a la carretera.

Esperó a que dijera algo más y, al ver que no lo hacía, sintió que cada vez se ponía más tensa. Después de unos minutos cargados de electricidad rompió el silencio de nuevo.

–¿En qué trabajas exactamente en Bristol?

–En Empresas Black.

–¿Empresas Black? Es una coincidencia, ¿verdad?, que la empresa tenga el mismo nombre que tú... –dejó de hablar–. Tienes tu propio negocio –dijo débilmente.

–Eso es –habían llegado a la carretera principal y mientras él giraba la cabeza y se inclinaba hacia delante para incorporase en el cruce, pudo ver un rizo de su pelo en el cuello de la camisa. Era un pelo grueso, viril, brillante y saludable. Apartó la mirada y dijo:

–¿Es un negocio familiar? Quiero decir que si lo empezó tu padre.

Negó con la cabeza.

–No. Mi padre murió cuando yo tenía diez años y mi madre volvió a casarse cuando tenía dieciocho. No me llevo bien con su marido, pero como me fui a la universidad no tuvimos que relacionarnos mucho. Al poco se fueron a Nueva Zelanda y se llevaron con ellos a mi hermana, pero en cuanto pudo se volvió a Inglaterra. Para entonces mi negocio iba bien y pude ofrecerle un trabajo.

–¿Así que te hiciste cargo de ella? –no le gustaba encontrar fascinante ese gesto, pero no podía evitarlo.

–Si Sandra te oyera decir eso, se subiría por las paredes. No, no fue exactamente así, pero trabajó para mí un tiempo antes de irse a Londres. Es asistente personal de un magnate de la confección y le encanta.

–Parece muy alegre.

–Oh, lo es, Beth. Muy alegre –dijo seco–. Y una mujer totalmente entregada a su carrera profesional.

Ya había tenido antes la sensación de que no aprobaba la forma de vida de su hermana, pero esa vez fue más intensa. ¿O a lo mejor le preocupaba que su hermana compitiera en un mundo de hombres y estuviera teniendo éxito? ¿Sería en el fondo un machista? ¿El tipo de hombre al que le gustaba que las mujeres estuvieran en «su sitio»? Y ciertamente ella, arquitecta, no se ajustaba. ¿A lo mejor era por eso que no le gustaba como mujer? Volvió a mirar por la ventanilla.

No se había dado cuenta hasta ese momento de cómo esa afirmación que había hecho la última vez que se habían visto le había preocupado. Por mucho que le doliera admitirlo, le había afectado mucho. Lo que era una estupidez. Su opinión sobre ella no tenía importancia.

–Una conversación contigo es como andar a ciegas en un campo de minas.

La voz de Travis era suave y, por un momento, sus palabras no llegaron a su cerebro. Cuando lo hicieron, se volvió a mirarlo de inmediato. Acababan de pararse en un semáforo tras el coche de Catherine y Michael y eso le permitía poderla mirar con toda atención.

–No tengo ni la más remota idea de lo que estás diciendo –dijo ella cortante.

–Estaba hablando de la forma en que fruncías el ceño mientras mirabas por la ventanilla.

–No es así –cambió el gesto de la cara, pero era demasiado tarde.

–No quiero ser grosero, pero tu cara parece la de la reina Victoria –dijo en tono agradable–. ¿Qué es exactamente lo que no te gusta?

Apretando los dientes por la exasperación, Beth dio alguna vuelta alrededor de la verdad.

–No veo por qué tienes que hacer objeciones a que tu hermana tenga su propia vida –dijo tensa–, o quiera tener una carrera profesional. Estamos en el siglo XXI, ¿no?

–No hago nada de eso –parecía sorprendido de que ella así lo creyera–. Simplemente me preocupa que trabaje tanto. Se ha derrumbado dos veces en año y medio. No quiero que haya una tercera vez.

–Ah –se recostó en el asiento un poco sorprendida antes de decir a toda prisa–. Pero es su vida y si es feliz...

–No es feliz –la interrumpió justo cuando cambiaba el semáforo y volvía a mirar a la carretera–. Cometió el error de rechazar al amor de su vida antes de irse a Londres pensando que no podría tenerlo a él y el trabajo que quería. Se equivocó. Se puede tener todo, simplemente hay que trabajar un poco más duro para que ocurra.

Beth sintió inmediatamente una lástima terrible por Sandra.

–Pobrecilla –dijo en un tono que esperó mostrara lo que estaba pensando–. Es terrible.

–También fue bastante horrible para él –dijo inmediatamente–, que encima es amigo mío.

–¿De verdad? –Beth no se había dado cuenta de cuánto compartía con Catherine, pero sabía que su hermana se habría sentido orgullosa de ella si la viera en ese momento–. En ese caso, ¿por qué no haces que vuelvan a estar juntos? Hacer como de casamentero.

–Sandra tardó mucho en recuperar el sentido y para entonces Colin se había casado con otra.

–Pero si Sandra era el amor de su vida... –dijo horrorizada.

–He dicho que era el amor de Sandra... hay una diferencia. –dijo Travis con suavidad–. No sé cómo se sentía Colin al final. A lo mejor Sandra era una más de las mujeres con las que podía ser feliz. A lo mejor su esposa es el amor de su vida. No lo sé, nunca lo hemos comentado.

–Así que... –Beth decidió seguir tanteando en ese tema–. ¿Crees que la gente puede ser feliz con varias personas, pero que sólo hay una que es el verdadero amor de su vida?

–Exacto –afirmó y siguió sin mirarla–. Y eres realmente afortunado si la encuentras. Pocos lo hacen. Y eres incluso más afortunado si esa persona te ama de las misma manera. Ocurre, pero es raro.

Lo miró sobre el fondo del verde paisaje. La tarde era suave y la tranquilidad lo llenaba todo.

–Pero eso es una forma demasiado cínica de ver las relaciones –dijo ella, ignorando que en los últimos meses ella había sido incluso más cínica al pensar en la vida y el amor–. Eso supone que la mayor parte de la gente nunca es auténticamente feliz, o al menos no tan feliz como podría llegar a ser.

–De ahí la cantidad de divorcios. Y no olvides los millones de parejas que viven juntas y se separan sin haber llegado a casarse. En la época de nuestros abuelos seguías junto pasara lo que pasara, la gente no tiene que hacer eso ahora. ¿Cuántos amigos y amigas tienes que van por su tercera o incluso cuarta relación seria? Están todos buscando eso tan esquivo que saben que está ahí pero que no consiguen encontrar.

Beth estaba horrorizada. No había ninguna duda de que él se creía cada palabra que decía.

–El mundo es un lugar triste según tú.

–El mundo puede ser un lugar triste –corrigió– si te unes a la persona equivocada, si no sabes reconocer a la adecuada o ésta no siente lo mismo que tú, pero para los que encuentran a su media naranja, es el paraíso. Mis padres se querían así y mi madre fue buscando su segunda oportunidad cuando se volvió a casar. A lo mejor se sentía sola o tenía miedo a envejecer sin nadie a su lado, no lo sé, pero le habría ido mejor quedándose sola. Ha sido mucho más infeliz casada con mi padrastro que viviendo sola.

–Entonces si no has encontrado a nadie que sea el amor de tu vida, te vas a quedar solo para siempre... –dijo despacio.

–¿Cómo sabes que no la he encontrado? –preguntó después de un largo silencio.

–Porque estarías casado. Y no lo estás, ¿verdad?

–No, no lo estoy –sonrió–, pero porque ella no sentía lo mismo.

Beth sintió como si le hubieran dado un puñetazo en el pecho, lo que fue incluso más impactante que la conversación. ¿Por qué tenía que importarle si Travis había estado enamorado de alguien que pensaba que era el amor de su vida y aún la llevaba en su corazón?

No, no le importaba, se dijo. Desde luego no desde un punto de vista personal. Simplemente sentía pena por él, por cualquier persona en la misma situación. Después del dolor y de la desilusión que ella había sufrido con la ruptura de su matrimonio, era normal que sintiera lástima por cualquiera que estuviera sufriendo, eso era todo.

–Lo siento –dijo tras aclararse la garganta.

Travis se encogió de hombros. Recorrieron unos pocos kilómetros antes de que dijera con mucha suavidad:

–¿Era tu marido el amor de tu vida, Beth? ¿Te casaste con él por eso?

–¿Qué? –se volvió a mirarlo tan de prisa, que le crujió el cuello.

–Tu marido –insistió educado–, ¿era el amor de tu vida o simplemente un hombre con el que podías haber sido feliz hasta que las cosas se torcieron?

Tuvo ganas de decirle que se metiera en sus asuntos, pero después de que se hubiera sincerado con ella, no podía. Travis se volvió y sus miradas se encontraron. Después, siguió mirando la carretera.

Con la cabeza como un torbellino, intentó buscar una respuesta. ¿Cómo podía contestar a esa pregunta? Había sentido como si se le cayera el mundo encima cuando Anna había hablado con ella ese día. Se había prometido no volver a confiar nunca más en un hombre, pero...

–No lo sé –dijo después de un largo minuto–. No sé si Keith era el amor de mi vida.

–¿No lo sabes? ¿Es la verdad o una forma de decirme que me calle? –dijo tranquilamente después de una mirada de reojo.

–Es la verdad –dijo sin mucha firmeza–. ¿Cómo voy a saberlo?

–Entonces no lo era.

Fue tan definitivo, tan autoritario, que inmediatamente Beth se rebeló.

–No puedes decir eso –protestó–. No sabes cómo me sentía, cómo me siento.

–Eso es verdad, pero lo que sí sé es que, si lo hubiera sido, lo sabrías. Lo sabrías ahora.

–Eso no lo acepto –dijo con vehemencia.

–¿Hay una herida en tu corazón que sólo sanará si vuelves con ese tipo? –su voz era fría y práctica–. ¿Algo con lo que tienes que aprender a vivir, pero que duele espantosamente todo el tiempo?

Honradamente no podía decirle que fuera así, pero no iba a darle argumentos admitiéndolo.

–No estoy preparada para discutir esto.

–Eso es una respuesta y demuestra que tengo razón –dijo con lo que Beth consideró una inmensa arrogancia–. Y deberías considerarte afortunada. Por lo poco que me has contado, tu ex era un bala perdida incapaz de comprometerse. Te has librado de él. Eres libre para empezar una nueva vida.

–Eso no ayudará mucho a Anna y sus hijas –dijo con intención de hacerle sentir culpable, pero no funcionó. Tampoco lo había esperado.

–Es cosa de ella quedarse o largarse. Puede elegir, lo mismo que hiciste tú. Y no me vengas con que está atrapada por las niñas –añadió cuando Beth abrió la boca para decir justo eso–. Cualquier persona con una pizca de sentido común tendría claro que se está mejor sola que con un adúltero.

–No creo haber conocido nunca a un hombre con unas opiniones tan firmes como las tuyas –dijo con todo el desdén que pudo.

Como respuesta, le dedicó una sonrisa.

–Considerando la conversación que acabamos de tener, debería considerarme afortunado de que sea eso lo más fuerte que me digas –dijo en tono de broma mientras se paraba tras el otro coche para dejar cruzar a una señora rodeada de caniches vestidos con jerséis rosas y azules.

Se volvió a mirarla y Beth le sostuvo la mirada. Pudo ver la diversión auténtica que había en sus ojos. No podía dejar de mirarlo y no sabía por qué. Travis ya no estaba sonriendo. No podía poner un nombre a la expresión de su rostro.

No estaba segura de cuánto habría durado ese momento, podía haber sido segundos u horas dado cómo se sentía, pero entonces, la carretera se despejó, Travis giró la cabeza y se quebró el momento. Beth se quedó sentada completamente quieta y en silencio, le temblaba cada centímetro de su cuerpo. ¿Qué acababa de suceder?, se preguntó en silencio. No lo sabía. Fuera lo que fuera había sido equivalente a ser aplastada por una apisonadora. Se dio cuenta de que había estado aguantando la respiración e intentó recuperar el aliento y aflojar las manos que había cerrado hasta convertirlas en puños.

Dinamita, eso era él. Peligrosa dinamita. ¡Y no le gustaba estar muy cerca de explosivos! Pero al margen de lo atraída que se sentía físicamente, y eso era todo, atracción física, a él no le gustaba, así que todo iba bien. Estaba a salvo. Hacían falta dos para bailar un tango.

Siguió respirando pausadamente y en pocos minutos se tranquilizó. Era ridículo, pero una sola mirada suya bastaba para hacerla sentirse vulnerable.

Travis siguió a Catherine y Michael al interior del aparcamiento de lo que parecía ser una pequeño hotel muy bonito. Beth tardó un tiempo en darse cuenta de que habían llegado. No tenía claro si se sentía aliviada o no. Aunque era mejor abandonar la intimidad del coche y unirse a Catherine y Michael, estaba preocupada por cómo se comportaría su hermana durante la velada. Catherine parecía decidida a unirla con Travis simplemente porque la había ayudado esa primera noche.

–Estás tensa –dijo Travis después de parar el coche poniendo una mano encima de las de ella, que tenía apoyadas en el regazo–. Pretendes permanecer muy firme en esa torre de marfil que has levantado para repeler a los invasores. Y eso está bien si es lo que quieres –hizo una pausa–. ¿Es lo que quieres, Beth?

Ella lo miró. No sabía qué quería. De hecho, nunca se había sentido más confundida en toda su vida. Y todo por culpa de él. Él y sus malditas teorías sobre esto y aquello. Deseó no haberlo conocido nunca.

–De nuevo tienes el ceño fruncido –dijo sin entonación como si no le importara, pero no retiró las manos de las de ella.

¿Por qué le importaba a él lo que ella quisiera?, se preguntó Beth. Ni siquiera le estimulaba el cuerpo, mucho menos el corazón. La sensación de las manos de él sobre las suyas estaba haciendo que su corazón colisionara como un coche en dirección contraria, pero esa tarde todo iba en dirección contraria. Si hubieran estado solos los dos... La idea y la sensación de calor que tuvo en la parte más íntima de su cuerpo fue suficiente para que sacara las manos de un tirón de debajo de las de él y dijera:

–¿Qué esperas que haga cuando me dices tantas

tonterías? No estoy metida en una torre de marfil, estoy de nuevo en el mundo, pero estoy viviendo mi vida según mis condiciones. Tengo un cerebro e intento usarlo.

–Me alegro de oírlo –se inclinó hacia delante en su asiento y la miró con los ojos entornados–. Me gusta.

Beth lo miró fijamente y encontró en su rostro algo que no podía interpretar.

–¿Cuáles son esas condiciones? –preguntó justo cuando Catherine y su marido salían de su coche y caminaban hacia ellos. Antes de que la hermana llegara, Travis bajó la ventanilla y dijo–. Vamos en un minuto.

–Oh, muy bien –dijo Catherine sorprendida pero contenta mientras Beth protestaba.

–Bueno –Travis se volvió de nuevo hacia ella–. ¿Las reglas de compromiso? Siéntete libre para ser clara, Beth.

Deseó no haber empezado aquello. Respiró su deliciosa calidez, su fragancia y se repitió por centésima vez que no debería haber entrado en ese coche. Se encogió de hombros y dijo:

–¿Por qué quieres saberlo? –dijo casi sin aire aunque añadió más firme–. Decías que no te gustaba y que sólo querías que fuéramos amigos. Seguro que las reglas del compromiso, como tú las llamas, no te interesan.

–Ah, mentí, Beth –su mirada gris no titubeaba.

–¿Qué? –lo miró fijamente completamente sorprendida.

–Mentí –una pequeña sonrisa le iluminó la cara y ella fue consciente de que estaba allí sentada boquiabierta y debía de parecer idiota, pero estaba tan sorprendida, que no podía evitarlo–. Sabes a lo que me refiero, ¿no?

–Sé qué significa mentir –cortó, pero no tan seca como le hubiera gustado. Era difícil ponerse furiosa cuando la estaban recorriendo escalofríos de excitación–. ¿Por qué? –se las arregló para decir finalmente–. ¿Por qué metiste sobre...?

–¿... encontrarte sexualmente atractiva? –remarcó la segunda palabra–. Porque parecías ser presa del pánico. No empezamos bien, lo sé, pero salir con Harvey al bosque durante horas para evitarme parece un poquito... desesperado. Sólo mentí a medias –añadió con tranquilidad.

–¿A medias? –dijo airada–. ¿Qué quieres decir?

–Te dije que te encontraba interesante como persona y es cierto –se inclinó hacia delante y todos los nervios de Beth respondieron–. No soy un adolescente, Beth, que sólo piensa en el sexo. Ya he conocido antes a otras mujeres, no lo niego, y mentiría si dijera que no me gustaría acostarme contigo. Pero no ahora, no antes de que estés preparada. Me gustaría conocerte antes y que me conocieras y, entonces, si quieres que las cosas sigan...

–¿Y si no? –estaba temblando tanto, que sabía que él se estaría dando cuenta–. ¿Qué pasará entonces?

–Entonces un beso y cada uno por su lado –su mirada era firme.

–No... no quiero realmente una relación, por muy despacio que la estés planteando. Es demasiado pronto después... de todo lo que ha pasado.

Travis había ido progresivamente modificando su posición mientras habían estado hablando y Beth supo que iba a besarla. Algo había cambiado en el último minuto, algo indefinible pero muy potente. Lo miró a los profundos grises y entonces la boca de él rozó la suya, pero esa vez no fue un suave roce como las veces anteriores. En esa ocasión, sus labios eran cálidos y buscaban, embriagaban. Beth no se movió, ni para acabar con el beso ni para profundizarlo... no hizo falta. Sabía que sabría besar así. Ese conocimiento había estado ahí desde la primera vez que lo había visto. Que era un experto de la sensualidad era evidente por cada movimiento que hacía, por su tranquila seguridad y autocontrol sin esfuerzo.

Un momento después, Travis levantó la cabeza y se recostó en el asiento, dejándola tan desolada, que casi se lanzó sobre él. Lo miró abrumada por cómo le hacía sentir. Nunca, ni siquiera al principio de su relación con Keith, éste había sido capaz de despertar en ella una reacción física similar. Y eso daba miedo. Mucho miedo. Pero también era estimulante y emocionante. No tenía ni idea de que fuera posible sentirse tan completamente viva.

–Me gustas, Beth –dijo en un tono llamativamente frío considerando que ella se sentía al borde la combustión espontánea–, pero como te he dicho, no tengo prisa. Nunca he poseído a una mujer que no estuviera completamente preparada, mental y físicamente. Y no voy a empezar contigo, te lo prometo –ella asintió indefensa incapaz de hablar–. Así que tenemos que vernos, quedar cuando yo venga por aquí, pero sin que sea un gran compromiso. Tu me conocerás y yo a ti. Puede que lo que descubramos nos guste, o no –su penetrante mirada se desvió un momento para luego volver a fijarse en el rostro de ella–, pero será un buen verano –dijo vagamente–. Un muy buen verano.

Capítulo 6

CATHERINE tenía los ojos brillantes y, cuando entraron en el restaurante del hotel unos minutos después, buscó ansiosa a su hermana con la mirada. Beth trató de ignorar la silenciosa pregunta que había en los ojos de Catherine y se unió a la charla de Travis, aunque le costó bastante. Por un lado, su cabeza estaba todavía tratando de comprender lo que acababa de pasar en el coche, por otro el hecho de que Travis la había tomado de la mano mientras entraban en el hotel.

Tartamudeó durante la conversación, una charla que Travis hizo que fuera fluida sin ningún esfuerzo, pero fue un enorme alivio cuando apareció un camarero, se colocó al lado de Michael y les dijo que su mesa estaba preparada.

Después de elegir entre el extenso menú, Catherine sólo tardó treinta segundos en decir:

–Voy un momento al tocador, ¿me acompañas, Beth?

El tercer grado. Beth miró a su hermana. Si no iba con ella en ese momento y saciaba su curiosidad, la arrinconaría en otro momento a lo largo de la cena. Cuanto antes, mejor.

Una vez en el aseo, Catherine fue directamente al grano.

–Bueno –dijo–. ¿Qué pasa?

–No te entiendo –se escabulló Beth.

–Ibais de la mano –dijo Catherine eufórica–. Y me ha parecido que lo del coche era una conversación seria. No me digas que estabais hablando del tiempo.

Quería a su hermana, realmente la quería, pero en ese momento deseaba que desapareciera. ¿Cómo le iba a explicar algo que ella misma no entendía? De algún modo, había aceptado empezar a salir con Travis y esa misma mañana hubiese dicho que algo así era absurdo. Beth respiró hondo.

–Somos amigos –afirmó y su hermana hizo un sonido de burla–. Sólo amigos, Catherine. Hemos quedado en vernos cuando Travis esté por aquí, pero de un modo informal. Nada de compromisos, sólo pasarlo bien.

–¿Pero has aceptado eso? –preguntó Catherine.

–Es lo que acabo de decir, ¿no? –Beth trató de contener la irritación, pero la sonrisa que vio en la cara de su hermana fue demasiado–. Si quieres te lo repito: «nada de compromisos» –repitió por si Catherine no lo había oído la primera vez.

–He visto cómo te mira –dijo casi ronroneando–. Está en el bote.

–¡Catherine! –dijo Beth frunciendo el ceño–. No es así. Mira, acaba de contarme que ha estado enamorado de alguien que no sentía lo mismo y que nunca la ha olvidado.

–¿Ha dicho eso? ¿De verdad?

Bueno, prácticamente. Beth asintió.

–Así que no tiene sentido que pongas tus esperanzas en él, además ya sabes lo que pienso del compromiso. Nunca más.

–Nunca es mucho tiempo –afirmó Catherine.

–No en este caso –dijo firme–. Créeme.

–Y si alguien puede hacerte cambiar de opinión, apuesto por Travis.

–Perderás la apuesta, Cath. No me importa salir alguna vez, pero eso es todo lo que va a pasar.

–De acuerdo, me creeré lo que dices, Beth... de momento –dijo tras suspirar decepcionada.

–Gracias –dijo Beth irónica.

–Pero, por lo que a mi respecta, creo que es el tipo perfecto.

–No creo que Travis sea perfecto.

–Ya sabes a qué me refiero –dijo arrugando la nariz–. Es guapo, Beth. Y diría que te gusta –añadió con malicia–. Es así, ¿verdad? –al ver que no decía nada dijo–: Es evidente.

Beth sacó el lápiz de labios del bolso e intentó concentrarse en retocarse antes de decir:

–Claro que sí, ¿a quién no? Pero no soy la clase de mujer que saltaría a su cama sólo por sexo. No soy así.

Si había pretendido impresionar a su hermana, no lo había conseguido.

–Entonces, a lo mejor deberías intentar cambiar.

–¡Catherine! –era Beth quien estaba impresionada–. Nunca te has comportado de ese modo –dijo en tono acusador.

–Pero eso no es lo normal. Tu vida no ha sido normal durante meses y meses. Keith era un canalla y no pretendo saber cómo te has tenido que sentir, especialmente con la muerte de mamá y papá, pero creo que es hora de que te diviertas un poco. Tienes treinta años, Beth, no ochenta. Tienes que aprovechar cualquier oportunidad que tengas de conocer a alguien realmente agradable y, a lo mejor, asentarte y formar una familia, pero de momento, suéltate el pelo. Descontrólate, se...

–¿Irresponsable y descerebrada? –cortó Beth.

–Iba a decir atrevida –sonrió Catherine–, pero irresponsable y descerebrada tampoco te haría ningún daño. Y creo que Travis sería un fantástico iniciador en ese tipo de vida. Debe de ser fantástico entre las sábanas –terminó con tono soñador.

Beth apenas podía creer lo que Catherine decía. A pesar de su personalidad burbujeante y de su extroversión, su hermana siempre había sido bastante remilgada.

Su rostro debía de dejar patente lo que estaba pensando porque al momento Catherine la abrazó y se echó a reír cuando dijo:

–A por él, muchacha. Ése es mi consejo. Un verano para recordar.

–Travis ha dicho algo similar.

–¿Sí? Entonces, ahí lo tienes. Es un hombre de los que me gustan.

–Catherine, Michael es un hombre de los que te gustan y no tiene nada que ver con Travis.

–En la variedad está el gusto –la voz de Catherine se perdió entre risas mientras tomaba el rostro de Beth entre las manos–. No dejes que Keith eche a perder otro día, otra hora, otro momento. No se lo merece... nunca se lo ha merecido.

–Lo sé.

Beth se sentía afectada por el cariño que había en la mirada de su hermana, pero ¿cómo explicar ése algo que había perdido cuando había descubierto que su marido era un extraño? Catherine y Michael eran tan felices y ella se alegraba, pero como su hermana había dicho, no podía saber cómo se sentía ella. Esperaba que Catherine nunca lo supiera. La capacidad de confiar en un miembro del otro sexo había desaparecido la noche que había escuchado a Anna, y sabía que ella había cambiado radicalmente desde ese momento.

Cuando Catherine desapareció tras una de las puertas del aseo, Beth se miró al espejo. Unos meditabundos ojos la miraron y se sintió impaciente consigo misma. De acuerdo, a lo mejor no podía volver a confiar en un hombre y, desde luego, ni siquiera había contemplado la posibilidad de asentarse y formar una familia, pero tampoco eso suponía que tuviera que pasar el resto de su vida sin compañía masculina. Tenía toda la vida por delante y podía hacer lo que quisiera. Travis había dicho que estaría feliz llevando las cosas al ritmo que ella marcase, así que no tenía nada que perder. Sería una tontería no aprovechar la oportunidad.

Asintió al reflejo sintiéndose mejor y cuando Catherine se unió a ella dijo en tono ligero:

–De acuerdo, hermanita, te haré caso por una vez. Saldré con Travis hasta que los dos veamos adónde nos lleva esto, ¿qué te parece?

–Bien –le dio un codazo y después Catherine la miró a través del espejo–. Muy bien –añadió mientras se volvía a mirarla–. De hecho, extremadamente bien, diría –la tomó del brazo y salieron del tocador.

A pesar de que ni Travis ni Michael sabían nada de su conversación, Beth se sentía tan avergonzada como si los hombres las hubieran escuchado. Momentos después, por suerte, Travis les estaba haciendo reír a todos como si hiciera años que conocía a Catherine y Michael. Probablemente debido a la conversación con su hermana y, sobre todo, a la decisión que había tomado al final, Beth se descubrió a sí misma riendo como nunca desde que se había divorciado. Desde antes incluso, porque Keith tampoco tenía mucho sentido del humor.

La comida fue deliciosa y la velada se alargó mucho. Finalmente, Beth hizo alguna observación en el sentido de irse. Era una locura, pero tenía el corazón en un puño por la sola idea de volver a estar a solas con Travis. Los nervios, la anticipación sexual y el temor competían en su corazón y ninguno ganaba claramente.

Travis no se parecía a ningún otro hombre que hubiera conocido, ése era el problema, se dijo cuando, después de haberse despedido de Catherine y Michael, se dirigieron al coche. No era que fuera increíblemente sexy, que lo era. O que mantuviera totalmente el control sobre sí mismo y todo lo que lo rodeaba, que también. O incluso que todo lo de él: el aspecto, la personalidad, rezumara un magnetismo letal. Era que su otra faceta: la ternura, la amabilidad que había atisbado unas pocas veces, lo hicieran totalmente atractivo. O quizá era una combinación de todas esas cosas. No lo sabía, pero quería verlo cuando estuviera por allí, incluso sabiendo que era una locura.

–¿Lo has pasado bien?

Su voz era tranquila mientras le abría la puerta del coche para que entrara.

–Sí, me ha encantado ver a Catherine y Michael –sabía que no era eso lo que le preguntaba.

–¿Y a mí?

Cuando se metió en el coche, Beth volvió a ponerse nerviosa.

–¿Te ha encantado volverme a ver? –dijo riendo con un diabólico brillo en los ojos.

Por desgracia, al mirarlo dentro del coche, una serie de imágenes de cómo sería desnudo asaltó su cabeza y Beth se dio cuenta de que no podía decir nada adecuado. Lo más que se le ocurrió un poco temblorosa fue:

–Ha sido una gran velada, ¿verdad?

–Oh, sí, Beth –dijo solemne–. Ha sido una velada muy agradable. La primera de muchas, espero.

Beth suspiró. Allí sentada en la oscuridad del aparcamiento, su proximidad era insoportablemente real.

–Pero ha habido un par de cosas que no han sido de mi agrado –dijo mirándola y en tono desenfadado.

–¿Qué? –dijo débilmente.

–La primera que había demasiada gente –levantó una mano y le acarició la cara–. Lo que provoca la segunda: que no podía soportar la necesidad urgente de hacer esto.

El beso fue largo y satisfactoriamente profundo. Beth se preguntó si sabría lo extraordinariamente bueno que era besando y lo excitante que era eso para cualquier mujer. Probablemente sí. Después dejó de pensar y se entregó al placer que él le provocaba.

Tenía el pelo revuelto y estaba desaliñada cuando Travis volvió a acomodarse en su asiento, pero se sentía viva de la cabeza a los pies.

–Sabes a brandy y chocolate con menta –dijo él con la voz ronca mientras arrancaba el coche sin volverse a mirarla.

Lo que fue mejor. Necesitaba cualquier instante del que pudiera disponer para recomponerse. Se sintió aliviada de que su propia voz sonara casi normal cuando respondió:

–Fuiste tú quien insistió en que me tomara el brandy, ¿recuerdas? Estaba muy bien con el café.

–Oh, no me estaba quejando –el potente coche salió del aparcamiento y se incorporó a la carretera–. De hecho, quiero que me recuerdes que me tome el brandy siempre de esta manera.

–De acuerdo –sonrió. Podía hacerlo, podía flirtear.

Le dedicó una sonrisa cálida antes de volver la vista a la carretera. Siguieron en silencio. Los besos de Travis le habían hecho darse cuenta de que había más, mucho más en el sexo de lo que ella había pensado porque Keith no le había hecho sentir ni la décima parte de lo que le había provocado Travis. Lo que éste sabía del sexo era cautivador y, al mismo tiempo que la atraía, le daba miedo. Porque la hacía sentirse... vulnerable. Y se había prometido no volver a ser vulnerable nunca más. Y no lo era, realmente no, se dijo rápidamente. No de una forma en que pudieran volver a hacerle daño. Aquello era algo puramente físico y no era comparable a la devastación que había sufrido cuando cu matrimonio había terminado tan mal. Tenía que mantener la perspectiva sobre las cosas.

¿Las cosas o Travis? Lo miró de reojo. Mantener la perspectiva con Travis podía ser más difícil de lo que parecía.

El cielo era terciopelo negro taladrado de estrellas mientras recorrían la campiña de Shropshire.

Finalmente llegaron a la pista que llevaba a su casa y después a la de Travis y el corazón de Beth se disparó. ¿Le sugeriría que se vieran al día siguiente? ¿Esperaría entrar en su casa esa noche? Había hablado de llevar las cosas con calma pero ¿qué significaba eso para un hombre como Travis? Le había insinuado a Catherine que podría considerar acostarse con Travis en el futuro. ¿Cómo podía pensar en algo semejante? ¿Cómo podía contemplar la idea de meterse en la cama con un hombre que no la amaba, que sólo se sentía atraído por ella? Pero ¿Keith la había amado? Ella había pensado que sí, pero se había demostrado que no era cierto. A lo mejor la manera de Travis era la más sincera.

Cuando Travis detuvo el coche delante de la cancela, Beth supo que no estaba preparada para una aventura. Si quería entrar, le iba a tener que dejar muy claro que un besito de buenas noches era todo lo que podía esperar, se dijo frenética.

No lo intentó. Se limitó a parar el coche y dar la vuelta por detrás para abrirle la puerta, ayudarle a salir y abrirle la cancela, después la abrazó y la besó con tanta pasión que fue consciente de cada músculo de su cuerpo y de lo excitado que estaba. A pesar de ello, fue él quien puso fin al beso y la guió en dirección al sendero que atravesaba el jardín. Harvey ladró en cuanto abrió la puerta y después de saludarla fue directamente a Travis. No volvió a casa hasta que Travis lo llevó.

–Normalmente no es así –dijo como disculpa Beth–. Es sólo que le gustas.

Una sonrisa iluminó el rostro de Travis.

–Si eso me ayuda en mi caso con su ama, no tengo objeciones –dijo con suavidad. Se acercó más y le levantó la barbilla–. Y necesito toda la ayuda que pueda conseguir, ¿verdad Beth?

Lo miró y después hizo un pequeño gesto de desvalimiento con las manos.

–No es por ti... –empezó–, es que no estoy preparada.... –sacudió la cabeza–. Travis, estoy confusa sobre tantas cosas...

–Lo sé –dijo aún más suavemente–. Si no, estarías ya en mi cama. Buenas noches, Beth.

Esa vez el beso fue un simple roce de labios. No había dicho nada de volverla a ver. El corazón le empezó a latir. ¿Lo habría asustado con tantos nervios y dudas?

Harvey volvió a su lado y le apoyó el hocico en la mano. Miró al perro y después se agachó y lo abrazó.

–¿Qué estoy haciendo, Harvey? ¿Me he vuelto loca? ¿Me ha alterado tanta soledad?

La respuesta fue un lametazo en la cara. Riendo, se puso en pie. Estaba pensando demasiado. Se había convertido en una costumbre desde que no estaba casada. Tenía que hacer lo que le había recomendado Catherine y vivir cada momento. Si Travis quería verla cuando estuviera por la zona, bien. No le impediría tener posibles novias en Bristol. Aquello era algo informal. Todo dependía de ella, lo había dejado claro.

Entró en la casa con Harvey sin querer pensar en

cómo sería acostarse con un hombre como Travis. Sospechó que tendría que evitar pensar en muchas cosas las siguientes semanas, pero lo conseguiría si mantenía la cabeza fría. Ésa era la clave. Cerró la puerta y, mirando a su alrededor, se preguntó por qué todo parecía diferente. Entonces, se dio cuenta de lo que pasaba: era feliz.

Capítulo 7

BETH, después de una noche prácticamente sin dormir, se despertó a la mañana siguiente al escuchar que llamaban a la puerta. Se sentó en la cama justo cuando Harvey empezaba a ladrar de un modo frenético y el despertador a sonar. No era la forma más tranquila de despertarse un domingo por la mañana. Apagó el despertador, buscó la bata y se la echó por encima del camisón, atándose el cinturón mientras se dirigía a abrir la puerta.

–Hola –Travis estaba delante de la puerta sonriendo con unas bolsas en la mano–. El desayuno. Es un día precioso y he pensado que no deberíamos desperdiciar ni un minuto de él dado que me marcho esta noche.

Beth se sentía como un lirón despertado de la hibernación violentamente.

–¿Qué hora es?

–Las nueve –dijo como si a esa hora estuviera todo el mundo levantado.

Beth se apartó un mechón de la cara.

–Ni siquiera me he dado una ducha –mientras que él estaba más fresco que una lechuga.

–¿No? –la miró con cariño–. Para mí estás estupenda. Me gustan las mujeres despeinadas y atractivas.

Debía de estar tan atractiva como si hubiera estado jugando en el barro.

–Pasa –dijo reacia–. Pondré la cafetera.

–No hace falta –entró en la casa tras ella, la abrazó

antes de que pudiera protestar y la besó de un modo que la despertó por completo. Una agradable forma de despertar.

Después la soltó y se fue a la cocina diciendo por encima del hombro:

–Los cruasanes están calentitos. He traído además mermelada casera, así que date prisa. Yo voy poniendo el café.

Una vez en el baño, Beth se duchó en sesenta segundos. Se puso un ligero vestido sin mangas, se cepilló el pelo y se lo recogió en una coleta. Si a Travis le gustaba algo más elaborado, que no se presentara sin avisar, pero cuando fue a la cocina y vio la expresión en su rostro, fue evidente su aprobación. Travis sonrió y dijo:

–Estás preciosa, ¿lo sabías? Desde el primer día que te vi con la cara llena de barro, supe que eras guapa.

–No creo que aquello fuera barro, Travis –dijo escueta.

–Estaba siendo educado –dijo con una sonrisa.

–De acuerdo –estaba decidida a mantener las cosas en tono ligero y sin complicaciones.

Una cuestión de supervivencia. Miró la diminuta mesa de la cocina llena de platos de aspecto exótico: embutidos, varios tipos de queso, salmón ahumado, fruta fresca, bollitos aún calientes, cajitas de cereales y un tarro de miel, además de los ya mencionados cruasanes.

–¿Has traído todo esto? –preguntó con los ojos de par en par.

–Cortesía de las tiendas del pueblo. La miel es de sus propias colmenas. Por cierto, es de lo mejor que he probado –señaló dos bandejas preparadas con su zumo de naranja y todo–. Pensaba que desayunáramos fuera. Venga, llena el plato y vamos al jardín.

Beth de pronto sintió que se rebelaba contra la forma en que él estaba tomando el control. Hizo un gesto con la cabeza en dirección a la cafetera y dijo:

–De momento tomaré sólo café, gracias. Deja que mi estómago se despierte del todo –añadió.

–Bien.

Beth inmediatamente se sintió grosera. Miró a Harvey, que estaba sentado en el suelo mirando hipnotizado una bolsa que estaba en la encimera.

–¿Qué le pasa? –preguntó sorprendida.

–Sabe que hay un hueso ahí –dijo Travis con una sonrisa malévola–. No soy partidario del soborno y la corrupción, pero...

–No te hace falta con Harvey –dijo Beth–. Creo que te prefiere a mí –no estaba de broma.

–No estaba hablando de Harvey –Travis había llenado dos tazas de café mientras hablaban y le tendió a Beth la suya–. Vamos al jardín y le daré el hueso a Harvey para que se lo coma mientras nos tomamos el café.

Extasiado, Harvey agarró con la boca un hueso que tenía suficiente carne como para alimentar una familia de cuatro. Beth trataba de concentrarse en algo distinto que ese cuerpo masculino que tenía su lado. El pequeño banco de madera era adecuado para uno. El muslo de Travis rozaba el suyo y sentía el calor de su musculosa pierna a través del vestido mientras el brazo de él se apoyaba en su espalda por encima del respaldo del banco.

El café estaba hirviendo, pero Beth le dio un sorbo para tratar de controlar la aceleración del pulso. Algo completamente inútil para controlar los efectos de la poderosa química sexual que había entre ambos. Aprovechó la proximidad de Harvey para inclinarse a acariciarlo.

–Un buen animal –dijo Travis–. Algunos perros

gruñen si los acaricias cuando están comiendo como si les fueras a quitar la comida.

–Yo podría quitarle a Harvey lo que quisiera –dijo Beth tranquilamente–. Confía en mí.

–¿Cuánto hace que lo tienes?

No podía hacerlo. No podía sentarse así y hablar como si su fragancia no le provocara debilidad en las piernas y le acelerara el pulso. Había dejado algo de bizcocho en un comedero para los pájaros en una esquina del jardín. Se dio cuenta de que se había caído un poco al suelo y lo usó como excusa para levantarse del banco. Después de recoger los trocitos de bizcocho, los dejó de nuevo en el comedero y se sentó en el mismo macetero que la primera vez que estuvieron juntos en el jardín. Entonces dijo:

–Harvey fue un regalo de mi hermana cuando me mudé de casa hace año y medio. Era sólo un cachorrito.

–Pues ha crecido mucho. ¿Te lo llevas cuando vas a trabajar?

Beth asintió.

–Cuando no puedo, se queda con Catherine. Mi sobrino, James, lo quiere mucho y Harvey es como un corderito con él. Nunca había tenido perro y nunca había pensado en tenerlo, pero ahora no sabría qué hacer sin él. Harvey es más que un perro, es... –se detuvo preguntándose si Travis pensaría que era tonta.

–¿Un amigo? –dijo Travis con suavidad.

Beth volvió a asentir.

–Mi mejor amigo –dijo un poco desafiante–. Me ha ayudado a superar la peor parte de mi vida y se lo agradeceré siempre –se arrepintió de inmediato de haberlo dicho. No era la forma de mantener la conversación en un tono ligero e informal, pero era demasiado tarde.

–Amor incondicional –se acabó el café de un trago–. Los animales lo tienen en abundancia, pero en el *homo sapiens* es una rara cualidad –se inclinó ligeramente hacia delante y Beth sintió que cada nervio de su cuerpo respondía–. Debe de haber sido duro –dijo con tranquilidad– y siento que hayas tenido que soportar algo así. La vida a veces es terrible.

Lo miró y sintió resonar dentro un eco de la antigua angustia.

–Cuando miro hacia atrás, me doy cuenta de que fue la muerte de mis padres lo que más daño me hizo –hablaba en voz baja y Travis tuvo que inclinarse un poco más para escucharla–. Eran personas maravillosas, los mejores padres del mundo. Es gracioso, mi padre nunca congenió con Keith. Mi madre pensaba que era encantador. Keith tenía mano con las mujeres –había un punto de amargura en su voz– , pero mi padre siempre receló de él. Quería que esperásemos para casarnos, pero... –se encogió de hombros–. El amor es ciego.

–Beth, cualquiera puede ser engañado por alguien que está decidido a hacerlo. No es culpa tuya. A la gente buena le pasan cosas malas.

Lo miró a los ojos con una mirada sombría. Estaba sorprendida de cómo se había abierto a él con lo decidida que estaba a no hacerlo.

–Algunas personas son más crédulas que otras –algo en el tono de la voz le dijo a Travis que aquello era importante–. No pensaba que yo fuera así, pero sí debo de serlo. ¿Cómo si no podría haberme casado con alguien así, vivir con él, amarlo y no darme cuenta de cómo era en realidad? No me habría creído que fuera posible si no me hubiera ocurrido a mí.

–Es posible –se acercó y le acarició la boca con ternura–, pero, como he dicho, no tiene nada que ver con que seas confiada. Keith era un tipo rastrero, sin principios ni moral y eso le daba el poder de un rey. Tuviste la mala suerte de que vuestras vidas se cruzaran, pero tuviste la fuerza y el coraje de hacer algo al respecto. No llegará lejos, Beth. A la larga, no. Sus hijas no lo respetarán, incluso puede que no lo quieran ni quieran nada con él cuando sean mayores. Tampoco ninguna mujer querrá nada con él en cuanto vea cómo es. Morirá solo y amargado.

–Eso no lo sabes –sacudió la cabeza–. ¿Y cómo sabes que no soy demasiado confiada? ¿Por qué mi caso es diferente de otros en los que muchas mujeres son engañadas una y otra vez?

–Te conozco –su tono era firme y cálido.

–No. Sólo hace unas pocas semanas que nos conocemos. Apenas sabes nada de mí. Podría ser la clásica mujer víctima una y otra vez.

–Te conozco –repitió suavemente–. Y no es así. Éstas son cosas que ocurren algunas veces. Tú no eres más víctima que yo.

Estaba muy pálida y en su mirada se advertía que la había llevado hasta el límite de su resistencia. Travis se puso en pie y dijo en el tono de voz que hubiera usado si hubieran estado hablando del tiempo:

–Voy a por mi desayuno. ¿Qué hago con el tuyo?

–Ve... vete y sírvete el tuyo. Iré en un minuto, cuando me acabe el café.

Cuando él desapareció en el interior de la casa, Beth se dio cuenta de que estaba temblando. Esperó que Travis no lo hubiera notado. ¿Cómo le había contado todo eso? Y ¿qué había querido decir con eso de que la conocía? No quería que la conociera ningún hombre. Eso de verse no era una buena idea, tenía que decirle que había cambiado de opinión. No se había ido hasta allí par liarse con nadie, menos con alguien tan... inusual como Travis.

Se levantó resuelta a acabar con eso inmediatamente. Sentía el estómago hecho un nudo mientras se dirigía a la cocina. Se paró sorprendida al ver que estaba vacía. Un instante después, apareció Travis con sus maneras informales y su tono sencillo de siempre.

–Me había dejado el periódico en el coche –mientras hablaba agarró una bandeja con comida suficiente para un equipo de rugby–. Nos vemos fuera, no tardes.

Desapareció antes de que ella pudiera decir nada y, cuando salió un par de minutos después, estaba sentado en la maceta que ella había dejado libre con el periódico extendido en el suelo delante de él. Beth se sentó en el banco sintiéndose perdida. No sabía cómo empezar. De alguna manera el ambiente había vuelto a cambiar.

–No pareces muy cómodo ahí sentado –empezó.

–Estoy bien –no levantó la cabeza del periódico.

Beth eligió un periódico de la pila de ellos que había en uno de los extremos del banco y mordió un cruasán mientras empezaba a leerlo. Hablaría luego, tenía mucho tiempo.

Fue una lenta y cálida mañana de domingo. Cuando se hubieron terminado los desayunos, Beth hizo algo más de café y siguieron leyendo los periódicos al sol, sentados uno junto a otro en el banco. Las abejas volaban alrededor de los tiestos de flores, una familia de gorriones gorjeaban mientras acababan con el bizcocho del comedero y Harvey, satisfecho, dormitaba a sus pies.

Era un perfecto idilio de verano... o lo hubiera sido si Beth no hubiera estado tan nerviosa. Pero, como la noche anterior en el hotel, Travis se había convertido en un hombre cálido y agradable. Después de estirar las largas piernas y dejar caer la cabeza hacia atrás, Travis pareció dormitar un rato antes de, repentinamente, poner en pie y tirar de ella.

–Vamos a dar un paseo –dijo–. Quememos algunas calorías para poder comer.

Harvey había oído la palabra mágica, así que ella no pudo plantear ninguna objeción.

Con Harvey correteando delante, recorrieron el bosque disfrutando del delicioso aroma de la tierra húmeda bajo sus pies hasta llegar a la orilla de un cristalino río. Bueno, cristalino hasta que Harvey llegó. Era en momentos como ése, con el enorme perro tumbado feliz en el agua cuando Beth se daba cuenta de que era sólo un cachorro a pesar de su tamaño. Travis le hizo reír varias veces durante le paseo y se fue relajando y disfrutando de la hermosa mañana. Margaritas, trébol blanco y muchas otras flores silvestres que Beth no sabía cómo se llamaban salpicaban la hierba que pisaban.

Travis la había tomado de la mano al principio del paseo y ella no se había resistido mientras se preguntaba si en algún momento se pararían y la besaría. No lo hizo. Mantuvo la conversación en un tono ligero y divertido. Cuando se dio cuenta, Beth había abandonado la idea de decirle que dejaran de verse. Lo que hacía de ella la más inconstante de las mujeres, se decía mientras volvían hacia la casa.

–¿Qué?

Demasiado tarde, Beth se dio cuenta de que debía de haber estado mirándolo fijamente y los ojos grises en ese momento le taladraban el rostro.

–¿Qué pasa?

–Nada –Beth forzó una sonrisa–. No pasa nada.

Travis se detuvo y la rodeó con los brazos.

–No me lo creo –dijo finalmente–. ¿Qué estabas pensando?

–Me estaba preguntando por esto –le tocó la cicatriz de la cara–. ¿Cómo te lo hiciste?

La miró y Beth se dio cuenta de que no la había creído, pero Travis no siguió incidiendo en el tema, la tomo de la mano y siguieron andando.

–Tenía un hermano –dijo sin emoción–. Kirk. Era dos años mayor que yo. Poco después de que mi madre conociera a mi padrastro, éste nos llevó a pescar. La barca se dio la vuelta en el río cuando mi padre perdió el equilibrio; había estado fanfarroneando. Kirk se quedó enganchado en unas plantas y no podía salir a la superficie. Yo grité a mi padrastro para que me ayudara, pero estaba más preocupado por salvarse él. Para cuando saqué a Kirk a la superficie, ya era demasiado tarde –se tocó la cicatriz–. Había de todo en el río, no sé con qué me hice esto. Ni siquiera me di cuenta. No me empezó a doler hasta que llegamos al hospital.

–Oh, Travis –Beth estaba horrorizada–. Lo siento tanto –dijo débilmente–. Es terrible.

–Sí, lo fue –por un momento algo cruzó su rostro, pero enseguida recuperó el control–. Mi padrastro insistió en que no ayudó porque no sabía nadar y había conseguido llegar a la orilla de milagro. No lo creí. Lo vi en el agua y sabía nadar, pero mi madre sí creyó su historia –sonrió triste–. Antes has hablado de amor ciego y eso realmente lo era. Tú no tenías elección, no sabías nada. Ella sí. Todas las señales de alarma estaban sonando ya.

–¿Sandra te creyó? –preguntó mirándolo fijamente.

–Al principio no, pero luego sí, cuando vivió con él después de que se casaran. Es un hombre... desagradable.

–¿Tu madre sigue con él? –preguntó con suavidad.

–No lo dejará –se encogió de hombros–. Lealtad equivocada.

Se le veía preocupado, se dio cuenta. De pronto sintió el súbito impulso de abrazarlo y besarlo. Pero dio un paso emocional atrás.

–Lo siento –dijo de nuevo echándose a andar otra vez.

–Fue hace mucho tiempo –dijo él encogiéndose de hombros.

Ella se había referido a que su madre siguiera con un hombre que aparentemente no era bueno, pero no se puso a explicarlo. Afortunadamente, o a lo mejor desafortunadamente, no estaba segura, Harvey se lanzó sobre ella lleno de barro y llevando entre los dientes algo que evidentemente llevaba mucho tiempo muerto. En el caos que se organizó, Beth tuvo que admitir que se había comportado como una niña chillando y tratando de evitar el olor de lo que fuera que tenía el perro. La conversación se perdió y una vez en casa las cosas volvieron al tono ligero. Travis se ofreció a lavar al perro antes de que fueran comer a un sitio que él conocía y Beth le dejó. Se preguntó si habría sido una buena idea, sin embargo, cuando Travis se quitó la camisa antes de llevar al baño a un cabizbajo Harvey. Y supo que definitivamente había sido una mala idea cuando los dos volvieron: Harvey oliendo bien y Travis con un aspecto tan sexy que se le secó la boca.

Se había empapado y sus vaqueros negros daban prueba de ello, pero era su musculoso torso brillante lo que realmente le hacía hervir la sangre. El rizado vello negro del pecho brillaba con las gotitas de agua y bajo la tela vaquera los muslos parecían duros y poderosos. Era un cuerpo impresionante. Viril. Fuerte. Beth se lo quedó mirando, no pudo evitarlo.

–Se siente un poco culpable –Travis señaló al perro y entonces ella pudo empezar a actuar con naturalidad acariciando al perro mientras Travis se ponía la camisa.

Seguía en su mente la imagen de los anchos hombros y el modo en el que el vello del pecho se iba estrechando hasta desaparecer en los vaqueros. Desnudo debía de ser algo increíble.

–Voy un momento a por mi bolso –murmuró ella y salió corriendo a su dormitorio donde se quedó apoyada un momento en la puerta cerrada para recuperarse.

Se llevó la mano a las ardientes mejillas. Menos mal que no podía leerle los pensamientos. Habría pensado que era la clásica mujer desesperada. Bueno, a lo mejor lo era. Sonrió, al menos no había perdido el sentido del humor.

Travis estaba tan fresco como siempre cuando se reunió con él. Harvey, por otro lado, estaba definitivamente enfurruñado. Sonrió a Travis y se agachó y abrazó a Harvey antes de decir:

–¿Quieres cambiarte los vaqueros antes de que vayamos a comer?

Travis negó con la cabeza.

–Se secarán con el sol –dijo–. Donde vamos a comer tiene un jardín al lado del río y he reservado una mesa fuera.

Beth tenía la esperanza de no parecer tan nerviosa como en realidad estaba mientras se dirigían al coche de Travis. Era ridículo, pero se sentía como si lo hubiera visto desnudo. Ya había visto un hombre desnudo antes, cientos de veces. Keith no había sido tímido a la hora de mostrar su cuerpo. ¿Por qué Travis parcialmente vestido la afectaba más que Keith completamente desnudo?

Seguía ponderando sus caprichos cuando llegaron al viejo restaurante. Un edificio de más de un siglo con tejado de paja y antiguas chimeneas en la ladera de una colina. Nada más entrar se les acercó una rubia teñida.

–¡Travis! –lo rodeó con los brazos y le dio un beso en los labios–. Ya era hora de que te dejaras ver por aquí. El otro día le decía a Dave que no te habíamos visto en meses.

–Lo siento, Mavis –se soltó del abrazo y fue hacia Beth–. Ésta es Beth –dijo con suavidad–. Beth, ésta es Mavis, la dueña del establecimiento y que además está casada con mi más viejo amigo, Dave. Fue una vez que vine a visitarlos cuando oí que vendían la casa y decidí comprarla.

–Encantada de conocerte, Beth.

Cuando Mavis se volvió hacia ella, Beth se dio cuenta de que estaba siendo minuciosamente escrutada por un par de ojos azules muy maquillados. Un poco avergonzada, murmuró:

–Hola, Mavis. Encantada.

–Os he reservado una mesa cuando Dave me ha dicho que veníais –se volvió a Travis y dijo–. Tienes los pantalones mojados, ¿qué demonios has estado haciendo?

–Lavar la perro de Beth. Nos lo llevamos de paseo después del desayuno y se ha puesto perdido.

–Muy bien –asintió Mavis–. Tan malo como los tuyos, ¿no?

Beth no sabía si Travis se había dado cuenta de que Mavis había sacado sus propias conclusiones después de su afirmación de «después del desayuno», pero ella sí había visto el brillo en sus ojos.

–Travis se ha presentado esta mañana en mi casa con un desayuno copioso, así que si no puedo hacer los honores a tu cocina será por culpa suya.

–Oh, no te preocupes, tenemos mucho donde elegir. Si quieres algo ligero, el salmón con gambas y salsa de eneldo está delicioso. Sentaos en el jardín y ahora os llevo algo de beber. ¿Qué queréis?

Le dijeron a Mavis lo que querían y saludaron con la mano a Dave, que estaba tras la barra. Travis tomó a Beth de la mano y la guió a través del bar hasta el jardín posterior. Había unas pequeñas mesas con sillas de hierro colocadas entre maceteros de flores de todos lo colores y árboles que protegían del sol del verano. El jardín era una suave ladera que bajaba hasta la orilla del río, una pequeña cerca evitaba que los niños pudieran caer al agua y un montón de patos y cisnes ocupaba la otra orilla.

Travis se detuvo junto a una mesa para dos un poco apartada del resto, a la sombra de un abedul y con vistas al río. Le sujetó la silla a ella y después se sentó él.

–¿Por qué tan a la defensiva? –dijo entonces tranquilamente–. ¿Es realmente tan impensable que alguien se imagine que somos amantes?

–No sé a qué te refieres –mintió ruborizada–. Nadie ha dicho nada de que seamos amantes.

–Te he visto la cara –no parpadeaba.

–Travis...

–¿Qué es lo que hace tan repugnante la idea de que seamos íntimos?

Estaba enfadado. Lo estaba ocultando bajo la suavidad de su control exterior, pero sabía que estaba enfadado. Tragando con dificultad, dijo:

–No es eso. Ya te he dicho que no puedo complicarme con nadie. No quería que Mavis creyera que entre nosotros hay algo serio, eso es todo.

–No es no puedo, es no quiero.

–¿Qué? –preguntó con las mejillas ardiendo.

–Has dicho que no podías complicarte con nadie. Eso no es cierto. Eres libre. Puedes hacer lo que quieras el resto de tu vida –se recostó en la silla y la miró–. Te he dicho que no tenía expectativas y que podemos llevar esto tan despacio como quieras, así que puedes hacerme el favor de relajarte y disfrutar del tiempo que pasemos juntos. Es un poco incómodo esta sensación de que estés esperando que salte sobre ti y luego desaparezca.

–No –tenía un nudo en la garganta.

De pronto algo iba mal y se sentía sacudida por la rapidez con que ocurría todo. Y no era que estuviera esperando que él la forzara sexualmente lo que le provocaba el nerviosismo, sino que ella no fuera capaz de mantener sus manos fuera de él mucho más tiempo. Pero eso no podía admitirlo. Tenía que decir algo, pero no sabía qué.

–¿No? –se inclino hacia delante y le tomó un mano–. Entonces ¿por qué estás temblando? –preguntó finalmente–. Me haces sentir como el marqués de Sade, maldita sea.

Autoprotección mezclada con confusión y culpabilidad. No quería hacer que Travis se sintiera mal, pero no sabía cómo explicarle dónde se encontraba ella sin mostrarse vulnerable. Eso, además, le daría aún más poder sobre ella.

–Estoy asustada. Podrías empezar a gustarme más de lo que quiero –dijo finalmente–. No estaba lista para conocer a nadie cuando te conocí a ti. No quiero me atraiga ningún hombre en estos momentos.

–¿Eso es todo? –dijo aún mirándola a los ojos.

¿Todo? ¡Qué cara! Acababa de desnudarle su alma y actuaba como si no hubiera pasado nada. Asintió y Travis suspiró, pero su rostro se había suavizado y ya era como el Travis a que estaba acostumbrada.

–Beth, nunca he tenido ninguna duda de que eres tú la que tiene que aclararse –dijo seco–. Y francamente prefiero saber con una certeza del cien por cien que mis amantes están conmigo porque están seguras de que quieren estar, ¿de acuerdo? No es sólo tu cuerpo lo que quiero entre mis sábanas, sino a ti entera, ¿lo entiendes? Mente, alma, espíritu. Soy codicioso –añadió impenitente.

El cielo estaba completamente azul detrás de él y en algún sitio al lado del río se oía a los patos. Se preguntó cuál sería su reacción si le decía que la llevara derecha a su cama porque cada fibra de su cuerpo lo estaba deseando.

–Aquí tenéis. Disculpad el retraso, pero esto es una locura –Mavis abrió la botella de vino que Travis había pedido, dos copas y un par de cartas–. Dave os verá luego –dijo a Travis–. Y le ha dicho al chef que reserve un par de piernas de cordero por si acaso te apetece lo de siempre. Las hace con una salsa de oporto y grosella –se volvió a Beth para incluirla en la conversación–. Y, francamente, nunca tenemos bastante para satisfacer la demanda. Claro que hay un montón de otros platos que puedes pedir si no tienes mucha hambre. Os dejo que lo penséis –les dedicó una brillante sonrisa–. Vuelvo en cinco minutos –y se fue.

–Es un derroche de energía –dijo Travis al notar la expresión de desconcierto de Beth–. En cambio Dave es el hombre más tranquilo del mundo. Un caso de atracción de polos opuestos, pero su matrimonio es sólido como una roca.

–¿Cuánto llevan casados? –dijo Beth contenta de cambiar a un tema más seguro y horrorizada por lo cerca que había estado de abandonar su propósito de llevar las cosas despacio.

–Diez años. Estuvimos juntos en la universidad, aunque conozco a Dave desde el colegio. Demostró ser un gran amigo cuando Kirk murió –dijo Travis con calma.

Beth lo miró. Había empezado a servir el vino y su mano era firme, también su voz, pero sabía que pensar en su hermano le dolía. Se sentía demasiado emocional como para seguir por ese camino, así que dijo:

–¿Tienen hijos?

–Cinco –y después sonrió–. Pero hay dos parejas de gemelas. Parece que hay muchos gemelos en la familia de Mavis. Primero tuvieron un niño y después dos parejas de niñas. Según Dave es el caos.

–Guau –Beth estaba realmente impresionada–. Yo creo que hubiera parado con los tres.

–Pero no se puede olvidar la pasión –dijo Travis gravemente–. Creo que el último embarazo fue el resultado de una de esas noches de pasión en las que las precauciones son lo último que importa.

Beth intentó no ruborizarse porque sabía que eso

era exactamente lo que él quería. También decidió no fijarse en el tono de su voz ni en la forma en que la miraba.

–Suerte que tienen –se bebió un buen sorbo de vino. Así estaba mejor, de nuevo podía controlarse–. Pero me imagino una vida demasiado ajetreada con cinco hijos. Especialmente con un negocio que dirigir.

–Los padres de Mavis viven con ellos en el restaurante, así que echan una mano –Travis le tendió la carta–. A mí no me gustaría. Yo querría a mi esposa sólo para mí. –la miró intensamente a los ojos y el pulso se le disparó–. Pero ellos son felices –volvió a inclinarse hacia delante y le colocó en su sitio el tirante del vestido que se la había caído. Su tacto hizo que la piel se le incendiara y Beth casi suspiró de debilidad–. Tienes una piel como la seda –murmuró–. Seda caliente besada por el sol, suave. Un hombre podría perderse por esa suavidad, ¿lo sabías?

Deseó hacer algún comentario ligero, algo gracioso para librarse de la vergüenza que sentía en ese momento, pero no pudo. Se limitó a mirarlo con el corazón atronándole los oídos.

–Quiero hacerte el amor hasta que se te olvide qué día es, qué mes, qué año, hasta que no haya en el mundo otra cosa que nosotros y lo que estamos haciendo. Será así, lo sé. El resto del mundo desaparecerá como si no existiera –después volvió a recostarse en la silla y se puso a mirar su carta, su voz volvió al tono normal de una forma impactante–. Pero hasta ese día, tendré que ser paciente. El cordero es fantástico, por cierto. Te recomiendo que lo pruebes.

Capítulo 8

EL cordero estaba fantástico lo mismo que el resto de la comida. Habían llegado casi al final de la hora de las comidas y, cuando estaban tomando café, el restaurante estaba desierto y el bar había cerrado. Mavis y Dave se unieron a ellos en la mesa y los cuatro pasaron un largo rato charlando y riendo. Los padres de Mavis llevaron a los niños. El niño, que parecía tener siete u ocho años, adoraba a Travis y estuvo sentado en sus rodillas todo el tiempo que se quedó. A las niñas se las llevó la abuela a echar la siesta.

A Beth le llamó la atención ver a Travis con el niño. Para ser un hombre tan grande y masculino, era extraordinariamente cariñoso con el pequeño y se le veía perfectamente relajado en su papel de tío Travis. Sería un gran padre.

Se marcharon a las cinco para que Mavis y Dave pudieran prepararlo todo para volver a abrir a las seis y media. A Beth se le había puesto dolor de cabeza por tantas sensaciones. Cada vez que estaba con Travis, éste parecía mostrar una nueva faceta, aunque a lo mejor lo que pasaba era que se estaba mostrando tal y como era, pensó. Daba lo mismo, era desconcertante. Había mantenido la esperanza de que al conocerlo más se sentiría menos atraída por él, pero estaba ocurriendo exactamente lo contrario. Y eso no era bueno, ¿o sí?

De vuelta a casa, Travis habló poco, pero dio igual porque Beth estaba enfrascada en sus propios pensamientos. Y todos eran sobre él. Acostarse con un extraño era algo que nunca se le había pasado por la cabeza, pero el problema era que Travis ya no era un extraño. Más bien al contrario. Apenas podía creer lo bien que creía que lo conocía si consideraba el poco tiempo que hacía que se conocían. Aunque, al mismo tiempo, tenía la sensación de no saber nada de él. Lo que no tenía mucho sentido. Como todo lo demás. Lo único consistente de toda esa situación era su inconsistencia, pensó. ¿Por qué Travis se había fijado en ella?

Llegaron a su casa. Beth se dio cuenta de que ni siquiera se había enterado de que habían tomado la pista y parado. Travis salió y rodeó el coche para abrirle la puerta y ayudarla a salir. Caminó al lado de ella hasta la puerta delantera, pero cuando ella buscó las llaves en el bolso Travis le agarró las manos.

–Preferiría despedirme antes de que salga Harvey –dijo con tono humorístico y la abrazó antes de que ella pudiera responder.

Su boca cayó sobre la de ella con una certeza que mostraba que no consideraba la posibilidad de que hubiera ninguna objeción. Tampoco era que ella tuviera nada que objetar, llevaba horas esperando ese momento. Se entregó a la exquisita sensación temblando mientras el beso se intensificaba y profundizaba. Travis le había colocado una mano en al espalda para sujetarla y entreabierto ligeramente las piernas para disfrutar de la suavidad de su boca. Cuando ella empezó a responder al beso, Travis hizo un pequeño ruido gutural y con la otra mano comenzó a acariciarle un pecho de un modo lento que hizo que Beth sintiera un estremecimiento de excitación por todo el cuerpo. Beth le apoyó las manos en los hombros. Era estimulante saber que podía provocar tanto deseo en un hombre como Travis y no había ninguna duda de que él la deseaba, podía sentir su salvaje excitación contra su vientre.

Así que sufrió el mayor de los impactos cuando Travis alzó la cabeza, la apartó de él con suavidad y dijo:

–Tengo que irme. Nos veremos el próximo fin de semana, Beth.

Lo miró incapaz durante unos segundos de aceptar que se marchaba. No quería que se fuera.

–Travis...

–Buenas noches, Beth. Sueña conmigo, ¿de acuerdo?

Había vuelto el autocontrol, aunque seguía respirando aceleradamente.

Beth no pudo añadir nada, se había quedado sin palabras mientras lo miraba ir hacia el coche. Quería salir corriendo tras él y rogarle que siguiera con lo que había empezado, pero que él hubiera sido capaz de parar era lo que la detenía. No lo entendía. No entendía como podía marcharse en un momento como ése, pensaba mientras el coche desaparecía tras una nube de polvo. Tenía que haberse dado cuenta de que ella lo deseaba. Era un hombre experimentado y estaría acostumbrado a interpretar las señales del deseo.

Un ladrido de Harvey la llevó de vuelta a la realidad. Abrió la puerta y el perro la miró con un gesto de reproche antes de salir al jardín para volver al momento y mirarla con un gesto bien distinto.

–Sí, se ha ido –dijo Beth irritada–. Y a mí tampoco me gusta, ¿de acuerdo? Pero parece que será mejor que te vayas acostumbrando a que puede ir y venir.

Harvey la observó un momento y luego se puso a dar saltos por el jardín hasta que entró en la casa como diciendo que ya que le había privado de su compañía todo el día, lo menos que podía hacer era darle de cenar.

Cuando se fue a la cama, Beth sentía que había empezado a recuperar el equilibrio. Habría sido un error acostarse con Travis, se dijo mientras se metía entre las sábanas de algodón. Hacía demasiado calor para una colcha de verano. Un gran error. Gigante. Así que le había hecho un favor interrumpiendo el proceso. No había ninguna duda. Lo único que deseaba era haber sido ella la que hubiera puesto fin, eso era todo. Era irritante saber que lo afectaba de un modo tan superficial que podía marcharse tranquilamente en un momento así.

–No voy a pensar en esto ni un minuto más –dijo en voz alta–. Se ha ido toda la semana y es mejor, mucho mejor. Si vuelve el fin de semana y viene a verme, seguro que lo pasaremos bien. Si no... –había habido vida antes de Travis y la habría después. Lo que tenía que hacer era dormirse.

Asomaba el sol cuando consiguió dormirse después de una sucesión de sueños ligeros en los que siempre aparecía Travis. Por la mañana no podía recordarlos, sólo que Travis llenaba cada uno de ellos.

Los siguientes días transcurrieron del mismo modo perezoso que toda su vida desde que se había trasladado a Shropshire. Paseos con Harvey, comer cuando tenía hambre, dormir cuando estaba cansada. Nadie con quien hablar. Lo único era que ya no le parecía suficiente. Echaba algo de menos. No era lo bastante valiente como para reconocer exactamente lo que era, pero, según se acercaba el viernes, empezó a ponerse nerviosa.

El jueves lo pasó limpiando la casa hasta que todo estuvo pulido y las ventanas brillantes. Y el viernes se dedicó al jardín, regando las plantas y escardando. El buen tiempo seguía a pesar de que las noticias hablaban de importantes tormentas como final de la ola de calor.

A media tarde, oyó el coche mucho antes de verlo. El corazón le latía como un tambor, se puso de pie con las manos temblorosas mientras entornaba los ojos para mirar la pista. Harvey había reconocido el sonido del motor porque salió corriendo hasta la cancela del jardín donde se quedó moviendo la cola a un ritmo frenético.

Cuando Travis salió del Mercedes, se había conseguido recomponer y fue capaz de decir con una sonrisa y voz amigable:

–Hola. Has venido antes esta semana, ¿no?

Travis abrió y cerró la cancela, acarició a Harvey y mientras caminaba hacia ella dijo:

–Claro. Nada me habría detenido.

–Bien –no sabía qué más decir con él tan cerca y mirándola de ese modo.

–Suave como la seda, despeinada y lista para un beso –murmuró–. He pensado en esto toda la semana –y entonces la tomó entre sus brazos.

Su beso fue apasionado, pero incluso mientras se lo devolvía, Beth se dio cuenta de que mantenía totalmente el control sobre sí mismo. Después de un rato, la apartó de él, pero no antes de que sus poderosos músculos y su fragancia hubieran causado una conmoción en sus nervios.

–Tienes la frente manchada –dijo él con tranquilidad mientras le quitaba la suciedad con un dedo–. ¿Qué te parece si te lavas mientras meto a Harvey en el maletero con Sheba y Sky y nos vamos a cenar a mi casa? Tengo un par de buenos filetes y algunas otras delicias en el coche.

Beth asintió principalmente porque no se creía capaz de decir nada en ese momento. Volvió a besarla, un beso rápido, y después se separó de ella con Harvey saltando a su alrededor.

Beth se alegró de poderse arreglar. Se quitó la camiseta y los pantalones cortos y se puso un ligero vestido de verano. Lo había echado de menos los últimos días, admitió mientras se cepillaba el pelo. No había sido consciente de cuánto hasta que había oído su coche. Mantenía que iba a jugar limpio y que iba a respetar su promesa de que jugarían con las reglas de ella, a su ritmo. Y eso estaba bien. O lo habría estado si hubiera sabido cuál era su ritmo.

Mientras salía de la casa para unirse a Travis y los perros en el coche, las primeras gruesas gotas de agua comenzaban a caer y un trueno hizo retumbar el cielo. No importaba. Nada importaba porque tenía por delante todo un fin de semana con Travis. Sólo pensarlo era embriagador.

–A lo mejor no va a ser la barbacoa que pensaba... sino una cena con velas, ¿qué te parece?

–Perfecto –se metió en el coche intentando parecer más fría y controlada de lo que se sentía.

Se inclinó sobre ella, el rostro muy cerca y con los ojos brillantes mientras se centraban en su boca. Un dedo recorrió suavemente sus labios para luego seguir hacia la barbilla y, despacio, muy despacio, bajar por la garganta hasta el escote.

–Bonito vestido –dijo antes de volverla a besar en los labios y después poner en marcha el coche.

–Gracias –dijo con el corazón desbocado.

–De nada –sonrió con un brillo en los ojos que le hizo preguntarse si no debería haber elegido un vestido con un cuello más cerrado.

Pero ése, sin mangas y blanco con un borde azul, resaltaba su reciente bronceado y el azul de sus ojos. Y quería estar guapa para él. Guapa... La palabra le hizo gracia por lo remilgado. No sólo quería estar guapa para Travis, quería...

Beth interrumpió sus pensamientos de golpe. No quería sentir la electricidad que había en el aire y que no tenía nada que ver con el empeoramiento del tiempo, sino con el hombre que estaba a su lado.

–¿Has tenido una buena semana? –preguntó ella al fin.

–Así, así –la miró–. Cenas solitarias y aún más solitarios desayunos.

Beth tragó. Si estaba diciendo lo ella pensaba que estaba diciendo...

–No tienes por qué estar solo por mí –dijo con cuidado–. Me refiero a que no espero que cambies tu estilo de vida porque nos estemos viendo cuando vienes por aquí. Si quieres... salir con otras mujeres, está bien.

–¿Cambiar mi estilo de vida? –su voz no tenía prácticamente expresión, pero ella se dio cuenta de que lo había molestado–. ¿En qué te crees que consiste mi estilo de vida, Beth? ¿En una sucesión de aventuras de una noche?

No, no pensaba eso. Travis no era un hombre promiscuo, se habría jugado la vida. Era un hombre inteligente que seleccionaba y que buscaría algo más que estímulo sexual en cualquier mujer con la que tuviera una relación. Estaba empezando a llegar a esa conclusión, no estaba segura de por qué, pero era así.

–No quiero siquiera insinuar eso –se miró las manos preguntándose si estaba destinada a liar siempre las cosas con ese hombre–. No creo que seas así.

–¿No? –hizo una significativa pausa–. ¿Estás segura?

–Sí –levantó la cabeza y lo miró–. Estoy segura –dijo con firmeza.

Hubo un momento de silencio.

–Bien –una sola palabra, pero la voz volvía a ser cálida–. Pero, por si acaso, déjame remarcar que una mujer cada vez es más que suficiente para mí, sobre todo si la mujer en cuestión es una arquitecta rubia de ojos azules, ¿de acuerdo? Salga como salga lo nuestro, ¿entiendes que estoy metido de lleno en ello?

–Sólo estaba tratando de decir...

–Sé lo que tratabas de decir, Beth. Pero yo espero fidelidad en los dos sentidos. Sólo para que los dos sepamos dónde estamos.

¿En serio creía que podía estar interesada en otro recién salida de un divorcio traumático?

–Ni soñaría en ver a otro –dijo con auténtica indignación–. Por su puesto que no.

–Y yo tampoco. Entonces todo está claro. Hemos dejado claros los fundamentos, algo muy sano para empezar una relación, ¿no te parece?

No respondió, pero sabía que ella estaba viviendo en medio de una espesa niebla a través de la que se estaba moviendo centímetro a centímetro sin saber en qué dirección. Travis le daba miedo. La fascinaba y la alteraba y hacía que se le llenara la cabeza de toda clase de ideas locas y emociones, emociones de las que ni se había sentido capaz sólo unas semanas antes, pero a pesar de todo eso no era capaz de sacarlo de su vida. Todavía no. Esa... atracción entre ellos tenía que seguir su curso y lentamente empezar a decrecer, como siempre pasaba.

Habían llegado a la casa. Travis abrió la puerta trasera y los tres perros saltaron. La lluvia arreciaba y aunque sólo hubiera unos pocos escalones hasta la puerta, Beth goteaba cuando entraron en el recibidor. Travis desapareció un momento y volvió con una gran toalla.

–Toma –se la tendió mientras él se recolocaba el pelo con los dedos–. Voy a hacer algo de café, o ¿prefieres un vino?

Sí, necesitaba algo más fuerte que el café después de ver a Travis empapado y sexy.

–Vino, por favor –dijo temblorosa.

–Buena elección –sonrió y Beth sintió que mil terminaciones nerviosas respondían.

Una vez en la cocina, Beth se sentó en un taburete y trató de parecer calmada mientras la lluvia golpeaba en la ventana y los truenos llenaban el aire. Nunca le habían gustado mucho las tormentas, pero con tres perros tranquilos y Travis completamente relajado, prefería morirse antes de reconocer el miedo. Sin embargo, cuando un relámpago especialmente potente iluminó el cielo, se le escapó un grito y uno penetrantes ojos grises la miraron.

–¿Todo bien? –pregunto Travis.

–Sí –dijo Beth asintiendo con la cabeza–. Sólo me he sobresaltado, eso es todo.

–Las tormentas de verano son siempre las peores.

Abrió la boca para mostrarse de acuerdo pero no llegó a decir nada porque una tremenda explosión hizo vibrar los cristales. Gritó, pero como los perros a sus pies empezaron a ladrar, el grito se perdió entre el ruido generalizado.

Al momento, Travis fue hacia ella y la abrazó.

–Está bien, no te asustes –dijo en un murmullo–. Ha caído fuera, no en la casa.

–Pero ha sido tan fuerte –se dio cuenta de que estaba temblando.

Volvió a dejarla en el taburete y se acercó a la ventana para mirar a través de los cristales golpeados por la lluvia.

–Ha sido en uno de los robles –dijo después de un momento–. Lo ha abierto por la mitad.

Beth se unió a él junto a la ventana y miró con fascinación y horror medio árbol tirado en el césped. Los extremos de las ramas casi habían llegado a la casa.

–Pobrecillo –susurró–. No se recobrará, ¿verdad?

–Es una rama enorme, es verdad, se ha abierto en dos, pero te sorprendería la resistencia de la naturaleza. Buscaré un buen jardinero y a lo mejor conseguimos que se recupere. Incluso con el más cruel de los golpes no puedes caer al suelo y dejarte morir.

Ya no estaba hablando del roble. Beth lo miró mientras se daba la vuelta y la miraba antes de volver a rodearla con sus brazos. Sus besos eran dulces y reconfortantes, sus grandes manos poderosamente tiernas y experimentadas. Beth sentía el calor de sus dedos a través de la tela.

La lengua recorría sus dientes. Beth se estremeció. Sus manos hacían magia en su piel de seda, arqueó la espalda. Abandonó su boca y siguió hacia las mejillas, las orejas, la garganta; los besos ganaban en intensidad hasta que fueron tan calientes que embriagaban. Despertaba un placer lleno de deseo donde besaba y tocaba, pero se tomaba su tiempo. Travis apoyó la cabeza en el hueco de la clavícula y murmuró el nombre de Beth haciendo que un temblor la recorriera hasta los pies.

El sabor, el olor de él empezó a darle vueltas en la cabeza y se dio cuenta de que quería estar aún más cerca de él. De su garganta escapaban pequeños gemidos mientras se colgaba de los anchos hombros. El deseo que estaba despertando se estaba convirtiendo en un incendio dentro de ella, un incendio que se extendía peligrosamente, y no tenía ninguna intención de escapar. Aquello era un mundo diferente, un universo distinto y todo lo demás se había desvanecido.

Cuando la tomó en brazos y empezó a andar, Beth supo perfectamente adónde la llevaba y no hizo ningún esfuerzo para evitarlo. Apenas podía creerlo cuando en lugar de subir las escaleras se dirigió al salón y se sentó en un sofá con ella en las rodillas. Pero ya estaba besándola de nuevo y Beth dejó de pensar. No le importaba dónde estuvieran, sólo estar con él.

Encontró su espacio dentro del marco de ese musculoso cuerpo como si se hubiera hecho para eso. Los besos y las caricias era más profundos, más hambrientos, pero guiados por las respuestas de ella. Su cuerpo había revelado su deseo por él lo mismo que su erección confirmaba lo que ella estaba provocando.

Beth nunca estuvo segura de cuánto tiempo estuvieron en esa burbuja de sensualidad que Travis había creado, pero gradualmente, mientras la lluvia iba perdiendo intensidad y la luz empezaba a entrar por las ventanas del salón, se dio cuenta de que él no iba a llevar las cosas más lejos. Sus besos se hicieron más ligeros y después se puso de pie con ella aún en brazos. Mientras la dejaba en el suelo, abrió los ojos incrédula ardiendo de deseo.

–¿Travis?

Vio en los ojos de él algo que le hizo creer que después de todo la iba a llevar al piso de arriba, pero en seguida cambio la expresión.

–Es demasiado pronto –dijo él con tranquilidad respondiendo a la pregunta no planteada en voz alta–. Todo esto es nuevo para ti, ¿verdad? Así me lo dice tu cuerpo.

Beth se enderezó y en su rostro apareció un gesto de rechazo.

–He estado casada –le recordó tensa–. He hecho antes el amor con un hombre.

–No lo creo –y antes de que dijera nada, le puso un dedo en los labios–. Has sido poseída por un hombre antes –siguió muy suavemente–, pero eso no es lo mismo. Oh, seguramente te habrá dado algo de placer, no estoy diciendo que te forzara, pero estaba más interesado en su placer que en el tuyo.

–¿Cómo puedes decir eso? No conoces a Keith –se preguntó qué hacía discutiendo con él cuando había sido ella la que había insistido en no empezar una relación, pero la lógica parecía haberse largado por la ventana.

–Sé todo lo que necesito saber de él por cómo eres tú –mantenía el tono calmado y frío–. No te rendía culto con su cuerpo. No pasaba horas llevándote de un éxtasis al siguiente hasta hacerte pensar que morirías de placer. No pasaba toda la noche acariciando y saboreando y dando y recibiendo. No tenía la habilidad, la sabiduría necesaria para aprender qué era lo que realmente te gustaba. Lo sé. Y ahora, por primera vez, estás sintiendo cómo pueden ser las cosas entre un hombre y una mujer y te está hechizando –Travis dio un paso atrás sin ninguna emoción en la cara–. Y eso es bueno –sonrió con algo que no era realmente una sonrisa–. Es un comienzo, pero yo quiero algo más que tu curiosidad, sexual o de otra clase. Así que tenemos que conocernos antes como hemos acordado.

Pensaba que era ella la que había decidido eso, pero ya no estaba segura. Lo miró fijamente sintiendo que el suelo se había abierto bajo sus pies justo cuando creía que había tocado tierra firme. Y entonces los viejos sentimientos de vergüenza, humillación y rechazo que había experimentado como secuelas de las traición de Keith volvieron a pasar por ella. Dijera lo que dijera Travis, aunque lo disfrazara, el hecho era que ella no le gustaba, no lo bastante, si no la hubiera poseído cuando sabía que podía haberlo hecho.

–Me gustas, Beth –como tantas veces antes, había leído sus pensamientos–. Te lo demostraré algún día, te lo prometo. De momento, tienes que confiar en mí –Beth parpadeó y bajó la vista, pero no antes de que él hubiera podido ver lo que había en su mirada, como confirmaron sus palabras–. Y todavía no has llegado ahí, ¿verdad? Así que... esperaremos. Hasta que entiendas.

–¿Entender qué? –la niebla había vuelto multiplicada por diez.

–Lo sabrás algún día –la tomo de la mano–. Vamos a acabarnos ese vino.

Capítulo 9

LAS siguientes semanas Beth empezó a pensar que cuanto más conocía a Travis menos lo entendía, a ella misma tampoco. Aceptaba que la había sacado de su estado de aislamiento, al menos los fines de semana. Se la había presentado a sus amigos en la zona y Sandra había aparecido unas cuantas veces y habían congeniado.

A principios de agosto, cuando hacía tres meses que se conocían, Travis decidió organizar una gran fiesta por su treinta y cinco cumpleaños e invitar a muchos amigos de Bristol, Shropshire y de todo el país. Catherine y Michael fueron también y la hermana de Beth reafirmó su total aprobación de Travis varias veces a lo largo del fin de semana.

–Es guapo, Beth, pero eso ya lo sabías, ¿verdad? –Catherine suspiró soñadora la tarde del domingo mientras todo el mundo disfrutaba de una barbacoa bajo el brillante cielo azul, el zumbido de las conversaciones y las risas las envolvía mientras estaban sentadas en un columpio a la sombra de un haya.

–Sí –dijo Beth, lo sabía.

–Quiero decir que es todo lo que una chica puede desear –Catherine pinchó una jugosa gamba con el tenedor y se la comió antes de decir–. Y me apuesto lo que quieras a que tenía razón con lo de la cama, ¿no? Es dinamita, admítelo.

–Ya sabes que no soy de andar con comentarios –dijo con una media sonrisa.

–Haz una excepción. Sólo esta vez.

–Lo siento –se llenó la boca de carne.

–Sé que tenía razón, estoy segura –sonrió feliz–. He visto cómo lo miras y cómo te mira él. Los dos estáis bien calientes.

Beth dio un codazo a su hermana y las dos se echaron a reír, pero una vez que se acabó el fin de semana y se quedó sola de nuevo, Beth le dio vueltas a la conversación. Catherine no la hubiera creído si le hubiera dicho que todavía no se había acostado con Travis. Nadie la hubiera creído. Todo el mundo pensaba que eran pareja en todos los sentidos, había sido muy evidente por la sorpresa que había provocado que se fuera a su casa la noche del sábado después de la fiesta.

Nadie había dicho nada, por supuesto. Eran demasiado educados como para hacer algo así, pero había visto sus rostros y había sabido exactamente en qué estaban pensando. Eso la había avergonzado, hecho sentirse poco segura y torpe. No así a Travis.

Beth frunció el ceño. De hecho, había parecido completamente indiferente a lo que pensaran los demás. Típico de los hombres. ¿O debería decir típico de Travis? Porque Travis definitivamente no era el típico hombre. Único ni siquiera la hacía justicia. No podía pensar en una palabra para él.

Era una persona con mucho tacto y con una gran experiencia en el arte de hacer el amor, eso seguro, pero siempre paraba antes de que las cosas llegaran demasiado lejos. Para su propia consternación, varias veces había estado a punto de rogarle que acabara lo que había empezado, sus besos y caricias provocaban en ella semejante deseo, que su amor propio había desaparecido. Pero algo la había detenido. Una palabra. «Confianza». Porque si él se lo pedía, no podría darle la respuesta que él quería. No confiaba en él, no confiaba en ningún hombre. No lo haría nunca más.

Suspiró tan fuerte que Harvey se le acercó, le apoyó la enorme cabezota en la rodilla y la miró con ojos inquisitivos. Acababan de desayunar y normalmente ella andaba de arriba para abajo por el jardín o lo llevaba a dar un paseo nada más terminar. Pero el fin de semana había sido especialmente desasosegante, probablemente porque había puesto de manifiesto algo que llevaba unas semanas tratando de ignorar: no podían seguir así. Era ridículo, todo se hacía más ridículo cada semana que pasaba. Habían llegado a un punto muerto.

–¿Un paseo? –sugirió a Harvey.

La palabra mágica hizo que saliera corriendo hacia la puerta y, a pesar de sus pensamientos, Beth no pudo evitar sonreír. No sabía cómo se adaptaría Harvey de nuevo a la rutina de Londres cuando tuvieran que dejar esa casa. Sintió frío, pero luego se encogió de hombros. Se enfrentaría a la idea de marcharse de allí cuando llegara el momento. Se enfrentaría a la idea de dejar a Travis cuando llegara el momento.

Tardó un momento en llenar una mochila pequeña con un par de botellas de agua y algo de comer. Decidió que un paseo le quitaría las penas de la cabeza. Había funcionado hasta ese momento y lo haría esa vez. Sólo que no fue así. Las colinas cubiertas de helechos, la singular casa rodeada de setos y huertos, el reluciente río que serpenteaba entre árboles y colinas de todas las formas y tamaños eran los de siempre, pero la paz que siempre le proporcionaban no estaban allí. ¿Qué le pasaba? Estaba empezando a atardecer y aún le quedaban un par de kilómetros para llegar a casa, pero se sentó a la orilla del río. Harvey no desperdició la oportunidad de beber del agua cristalina. Era una tarde perfecta. Perfecta excepto... Que estaba sola. No, sola, no. En soledad.

Era diferente. Y estaba en soledad por una sola persona.

–No –dijo en voz alta como si eso ayudara a negar lo que sentía.

Echaba de menos a Travis. Se había despedido de él la noche antes y ya lo echaba de menos. Y cada vez los cinco días que separaban la noche del domingo de la tarde del viernes se le hacían más largos. Y no era sólo la sensación de estar entre sus brazos lo que echaba de menos. Lo echaba de menos a él. Su sentido del humor, su conversación, el tiempo que estaban juntos. Todo. El lote completo.

–No quiero –volvió a decir en alto, pero esa vez sí pudo advertir el pánico en su voz.

No quería necesitarlo. Ya había estado ahí una vez y no quería volver. Se suponía que iba a ser un romance informal. No se suponía que fuera a enamorarse. ¿Enamorarse? ¿De dónde había salido eso? La palabra le resonaba en la cabeza. Amor. Se llevó la mano al corazón, que latía tan fuerte, que la hacía sentirse mareada. Lo amaba. Lo sabía desde hacía tiempo, pero no había tenido el coraje de reconocerlo. Pero era así... amaba a Travis Black.

Se levantó de un salto y llamó Harvey que vino al instante evidentemente más que dispuesto a volver a casa a cenar. No quería amar a Travis, no podía. Con el amor llegaban todas las complicaciones que ella no quería.

Caminó despacio el resto del trayecto. Travis quería que ella se enamorara de él tan poco como ella, se dijo algo después mientras ponía de cenar a Harvey. Quería su amistad y su confianza, y no menos su cuerpo, se lo había dejado claro. Quería que los dos estuvieran en igualdad de condiciones físicas y emocionales para que una relación entre ellos no dejara mal sabor de boca cuando terminara. Pero eso era totalmente distinto al amor. Estaba a millones de años luz.

Puso el comedero de Harvey en el suelo y la comida desapareció a una velocidad asombrosa.

Travis le había contado que había amado y perdido al amor de su vida, se lo había dejado bien claro. En ese momento, no se había dado cuenta de que le estaba advirtiendo de que su compromiso con otra mujer sólo podría ser limitado, pero a lo mejor era una forma sutil de decírselo. Tenía que ser así.

Después de meter el comedero de Harvey en la pila de piedra, Beth se preparó una taza de café y se la llevó al jardín trasero, que estaba oscuro y tranquilo. El aroma de las rosas y de las lilas blancas llenaba el aire de la noche, la luna daba algo de luz, pero no permitía ver bien nada, así que todo lo que quedaba era el perfume y la perfecta tranquilidad. Podría haber sido la única persona en el mundo.

Harvey se puso a sus pies y ella se sentó en el banco que aún retenía el calor del sol. Bebió un sorbo de café. ¿Cuándo había cambiado la atracción sexual y la fascinación por algo más profundo? No podía señalar el momento preciso. A lo mejor había sido un tranquilo goteo a lo largo de las últimas semanas. ¿Podía amar a alguien en quien no confiaba? Frunció el ceño en medio de las sombras. ¿De verdad el amor y la confianza eran compañeros inseparables? ¿Por qué preguntarse lo evidente? Lo amaba, lo quería tanto, que se moría de miedo, y lo que había sentido por Keith no era ni un pálido reflejo de eso, pero no confiaba en él. Era un hombre terriblemente atractivo, poderoso, con éxito, un hombre que sólo tendría que chasquear los dedos para tener una fila de mujeres a su disposición. A lo mejor si hubiera sido más mediocre, con aire de hombre de familia, alguien como todo el mundo, podría haber una oportunidad de que bajara sus defensas lo bastante como para arriesgarse a dejarlo entrar en su vida, pero Travis estaba a años luz de ser un tipo corriente. La fiesta del fin de semana había sido un indicio de cómo era. Todos los hombres querían ser como él y todas las mujeres, incluso las felizmente casadas como Catherine, pensaban que era guapo y no lo ocultaban. Cuando pensaba en cuántas mujeres lo habían mirado con deseo...

¿Cómo sería la mujer que había desdeñado su amor? Se dio cuenta de que estaba apretando tanto la taza, que estaba a punto de romper la porcelana. ¿Cómo podía una mujer dejar a un hombre como Travis? Y más si él la amaba. Se mordió el labio antes de acabarse el café y seguir sentada en la oscuridad.

Fue el sonido del móvil en el bolso que estaba en la cocina lo que la llevó de vuelta a la realidad. Al entrar en la casa miró el reloj. Las once. Un poco tarde para Catherine. El corazón se le empezó a acelerar. Travis había empezado a llamarla tarde, una o dos veces a la semana. Hasta ese momento había rechazado reconocer que no estaba a gusto las noches que no llamaba.

–Hola, Beth –su voz era cálida y profunda–. No te he despertado, ¿verdad? Ya sé que es un poco tarde para llamar.

–No, estaba sentada en el jardín tomando un café –considerando que el corazón se le iba a salir del pecho, había conseguido contestar muy bien–. ¿Algún problema? –añadió con cuidado.

–Muchos –dijo irónico–. El principal que yo estoy en Bristol y tú en Shropshire –hubo una pausa que Beth no fue capaz de romper–. ¿Me echas de menos? ¿Te gustaría que estuviera ahí?

Tanto... Forzando un tono ligero en la voz, dijo:

–Te fuiste anoche.

–Eso no es lo que te he preguntado.

Cerró los ojos. Se permitían esas bromas constantemente, pero ya que era consciente de que estaba enamorada de él, no podía jugar a ese juego. Era consciente de que llevaba meses jugando con fuego. Debería haberse dado cuenta de que podía quemarse. Había pensado que había tocado fondo cuando Keith la había traicionado, pero no era así. Dejar a Travis iba a ser infinitamente peor. Pero había que hacerlo. Por los dos.

Respiró hondo y buscó las palabras adecuadas. Nunca debía saber el poder que tenía sobre ella. Keith la había destrozado, pero Travis no lo haría. Nunca conocería la paz si se convertía en su mujer en todos los sentidos de la palabra. Desde la primera vez que se acostaran estaría esperando a que se cansara de ella y buscara a otra.

–¿Beth? –su voz seguía siendo cálida, pero detectó una sombra de recelo–. ¿Qué pasa?

–No pasa nada –deseó haber tomado algo más fuerte que café para que le infundiera valor–. Iba a llamarte mañana. Quería que fueses el primero en saber lo que he decidido. Me siento mucho mejor y creo que es hora de volver al trabajo y tomar las riendas de nuevo.

Hubo un breve silencio.

–Ya veo –no había ninguna expresión en su voz–. Creía que querías quedarte los seis meses enteros. ¿No era esa la idea?

–Al principio –tragó con dificultad–, pero, como te he dicho, me siento bien y... esto es un poco aburrido a veces –trató de colar algo de verdad en la mentira.

El silencio fue más largo.

–Bueno, podemos hablar de esto el fin de semana, ¿de acuerdo?

No, de acuerdo, no. Sabía que era una cobardía, pero si volvía a verlo no estaba segura de lo que le diría. Aquello tenía que ser un corte limpio. Abrió la boca para decir que el fin de semana se habría ido, pero algo la detuvo. Travis era perfectamente capaz de meterse en el coche e irse a verla. De hecho, estaba segura de que lo haría. Se habían unido mucho los últimos, meses, demasiado. Si otra persona hiciera lo que ella estaba pensando hacer, pensaría de ella que era lo más rastrero, pero no podía permitirse volver a verlo.

–¿Beth? –había preocupación en su voz–.¿Ha pasado algo? ¿Estás bien?

No, no estaba bien. No volvería a estar bien en su vida. ¿Por qué había hecho que se enamorara de él? ¿Cómo podía haber sido tan imbécil de pensar que podría manejar todo eso?

–Estoy bien –dijo llanamente.

–No lo pareces –el tono era severo.

Se refugió en la excusa universal.

–Me duele la cabeza, eso es todo. Es el calor.

–Un dolor de cabeza –ni siquiera intento simular que la creía–. ¿Te has tomado algo? –preguntó escéptico–. ¿Paracetamol, Aspirina?

–Por supuesto –sonrió al teléfono. ¿Por qué sabía siempre cuándo estaba mintiendo?

–Entonces cuelgo para que te vayas a la cama. Buenas noches, Beth –fue algo abrupto–. Que duermas bien.

Ni siquiera esperó una repuesta de ella. Colgó. Beth parpadeó. Nada de palabritas dulces. Ni un intento de persuadirla de que se abriera. No lo hubiera conseguido, pero al menos intentarlo... Se quedó de pie en medio de la cocina con el estómago hecho un nudo. Era una desequilibrada. La había hecho una desequilibrada. Y además, se dijo, mentirosa. No, eso no estaba bien. La culpa de todo no se la podía echar a Travis.

Un buen rato llorando y un paseo por el jardín hizo que decidiera llamar a Travis, pero se detuvo a mitad. Tampoco pasó de la mitad de los números la segunda y la tercera vez.

Eran más de las dos cuando se metió en la cama y le dieron las cuatro aún despierta. Debía de haberse quedado dormida poco después porque, cuando llamaron a la puerta y se despertó, el sol entraba a raudales en la habitación.

–Buenos días –Travis parecía el anuncio de algún diseñador con un traje claro y una camisa azul oscuro y el pelo negro brillando al sol. Beth lo miró embobada tratando de decir algo coherente–. ¿Puedo entrar? –preguntó con algo de frialdad.

–Oh, sí, sí, pasa –se apartó a un lado para dejar que entrara. Una vez cerrada la puerta se las arregló para decir–. ¿Qué haces aquí? –siendo consciente de que debería haber empezado por ahí.

–Verte –no sonrió. Tampoco llevaba nada rico para desayunar–. Tengo la impresión de que tenemos que hablar.

–¿Qué hora es? –miró el reloj de encima de la chimenea. Las ocho. Debía de haberse levantado al amanecer–. ¿Café? –ofreció.

–Gracias –dijo en tono educado, pero sin interés.

–Deja que salga Harvey primero –el perro salió a dar su paseo habitual por el jardín delantero y ella se dirigió a la cocina donde preparó dos tazas de café instantáneo.

Travis estaba en el mismo sitio cuando ella volvió. Seguía sin sonreír. Tomó la taza con una inclinación de cabeza. Y esperó para hablar a que ella se sentara en el sofá.

–¿Bueno? –su mirada era penetrante–. ¿Qué es lo que pasa, Beth?

Ni un intento de besarla o abrazarla. El silencio era profundo.

–Nada –disimuló, odiándose a sí misma por su cobardía.

–Corrígeme si me equivoco, pero cuando anoche

hablabas de irte no era sólo Shropshire lo que tenías en mente, ¿verdad?

–Yo no dije eso –lo miró indefensa.

–Pero era a lo que te referías –insistió.

No podía mentirle. Inventar alguna excusa. Desviarse de lo que iba a ser una horrible despedida.

–Sí –levantó la vista del café–. Me refería a eso. Creo... que sería más sencillo si lo dejamos.

–¿Mas sencillo? ¿Para quién?

–Para los dos –dijo desesperada–. Nos... nos lo hemos pasado bien y ha sido estupendo, pero una vez que vuelva a Londres será muy difícil seguir viéndonos. La distancia...

–No es nada –interrumpió–. Y lo sabes.

–Claro que lo es –arguyó tristemente–. Las relaciones a distancia nunca funcionan.

–No estamos hablando de continentes, Beth. Así que dejemos la excusa y vayamos al grano. Pensaba que todo iba bien entre nosotros, muy bien, de hecho. ¿Qué cambió la otra noche? ¿Te molestó alguien en la fiesta? ¿Te dijo algo? ¿Qué?

Se le quedó la garganta seca y beber café no le sirvió de nada. Se apretó el cinturón de la bata.

–¿No puedes simplemente aceptar que lo dejemos?

–No, Beth, no puedo –su cuerpo parecía calmado, controlado–. Vas a decirme algo por una vez. Abrir esa maldita caja cerrada que tienes en la cabeza. Los dos sabemos que ha habido veces que podría haberte poseído porque lo estabas deseando. No eres la clase de mujer que se entrega a la ligera. Estábamos llegando a algo. Iba bien. Creía que... –se paro en seco.

–¿Qué? –preguntó débilmente.

–No importa –dijo haciendo un gesto con la mano–. No estamos hablando de mí, sino de ti. ¿Qué es lo que nos ha devuelto a la casilla de salida? ¿Qué ha ido tan mal que ha provocado que te fueras a largar sin darme siquiera una explicación?

Se había dado cuenta. Ni siquiera tenía que preocuparse de negarlo, su rostro teñido de rojo era bastante confirmación. Quería dejar de mirarlo a los ojos pero no podía.

–Te... te dije al principio cómo iban las cosas conmigo. No vine aquí buscando una relación.

–Pero entonces me conociste –la interrumpió con una arrogancia magnífica–. Y todo cambió.

Consiguió dejar de mirarlo para acabarse el café. Le dolía la garganta al tragar. No quería hacerle daño, se dijo frenética, pero al fin y al cabo sería sólo su orgullo lo que saliera perjudicado. Podría afectar a su ego, pero no era lo mismo que si la amase o algo así. En unos días, unas semanas a lo sumo, lo habría arreglado, encontraría a alguien que la reemplazase.

–No puedo ser lo que quieres que sea, Travis. Debes saber eso desde ya.

Soltó un juramento salvaje en voz baja y, por un momento, la máscara cayó.

–No quiero que seas otra cosas distinta que tú misma. Nunca lo querido. Creía que lo había dejado perfectamente claro.

–Quieres que confíe en ti –dijo ella.

–¿Es algo tan difícil?

–Para mí, sí –estaba gritando pero no le importaba–. Es lo más difícil del mundo, si quieres saberlo. Y no puedo hacerlo. Tan sencillo como eso. No puedo confiar en ti.

–Error –en comparación con ella, estaba completamente calmado–. No quieres. Hay una diferencia.

–Querer, poder... Qué más da –temblaba entera.

Volvió a jurar, pero más de exasperación que de furia. Cuando fue hasta el sofá y la tomó entre sus brazos, Beth ni siquiera se resistió. Pero no trató de hacerle el amor como ella esperaba. En lugar de eso, se limitó a tenerla fuertemente abrazada contra el fuerte escudo de su cuerpo. Con una voz suave, le dijo:

–¿Por qué te haces esto ahora, corazón? No hay límite de tiempo excepto en tu mente; seguro que lo sabes.

Fue la palabra «corazón» la que lo provocó. Podría haberse enfrentado a la rabia o a la furia, pero no a la ternura. Aquello acabó con el último control que le quedaba. Las lágrimas le cayeron por las mejillas, se cubrió la cara con las manos y sollozó.

–Vete, por favor, vete. No quiero que estés aquí. Esto tiene que terminar ahora. Por favor, Travis.

No intentó volver a abrazarla, pero su tono fue inflexible cuando dijo:

–No voy a marcharme, Beth.

–Por favor –nunca había sentido tanto dolor, tanta desesperanza.

–No –y de nuevo la abrazó–. No hasta que hayamos metido el sentido común es esa cabeza tuya. No voy a permitir que ese imbécil de ex marido tuyo arruine nuestras vidas. Estas últimas semanas has sido feliz, lo sé. De acuerdo, puede que no sea perfecto, pero sé cuando algo está bien o mal y nosotros estamos bien juntos. A lo mejor no debería haber esperado, quizá debería haberme acostado contigo hace semanas, pero eso ya no lo puedo remediar. Primero quiero decirte algo. Quería esperar para darte tiempo a que te acostumbraras a volver a tener a alguien en tu vida, pero tú has forzado el ritmo. No quiero tener una aventura contigo, Beth. Nunca lo he querido. He tenido suficientes relaciones de ésas como para saber cuándo algo es realmente importante.

–¿Qué? –no podía creerlo. Oía lo que estaba diciendo pero las palabras se confundían en su cabeza y no podía encontrarles el sentido.

La separó de él para mirarla al pálido rostro con los ojos grises ligeramente entornados.

–Te amo –dijo sencillamente–. Me enamoré de ti la primera vez que te vi, ahí de pie en la oscuridad con ese ridículo pijama rosa cubierta de barro o sabe Dios qué. Quiero casarme contigo, Beth. Quiero despertarme a tu lado todas las mañanas del resto de mi vida.

–No –estaba entumecida–. No, no puedes amarme. Dijiste que habías perdido a la mujer que amabas. Lo dijiste.

La mirada de Travis se había hecho más aguda y Beth supo que su reacción no había sido la que él esperaba.

–Creo que dije que la mujer a la que amaba no sentía lo mismo que yo –dijo lentamente.

–Pero... pero me dejaste creer... –no pudo continuar pero él entendió lo que quería decir.

–Te habría dado un susto de muerte y seguro que habrías vuelto a Londres si te hubiera dicho lo que se sentía en ese momento. Demonios, me daba miedo a mí. Todavía me lo da.

–Pero no me conocías, entonces no –aquello no podía ser verdad–. El amor a primera vista es sólo una fantasía, todo el mundo lo sabe. No sucede en la vida real.

–Te conocía en mi alma desde antes, es la única forma que tengo de explicarlo. Y antes de que protestes, si alguien me hubiera dicho hace unos meses que yo estaría pensando algo así, me habría echado a reír en su cara. Estaba disfrutando de la vida, no quería enamorarme, no quería tener que pensar en nadie. Me gustaba mi estilo de vida, tan libre como un pájaro y sin dar explicaciones a nadie. Pero todo cambió en un momento.

–Travis –dijo ahogada–, por favor, no digas nada más.

–He estado caminando pisando huevos los últimos tres meses, Beth. Ya está bien. Me has dicho que querías marcharte y abandonar lo que hay entre nosotros así que no tengo nada que perder hablando claro. Te amo, ¡maldita sea! –había ido levantando la voz, pero casi de inmediato recuperó el control–. Te amo –repitió suavemente–. Y, digas lo que digas, no me creo que te sea completamente indiferente. Has cambiado en las últimas semanas, has bajado la guardia. Me he dado cuenta. No voy a dejar que termines con esto sólo porque hayas decidido medir a todos los hombres con el mismo rasero. Por muy malo que fuera lo que te pasó con Keith, tienes que afrontar el hecho de que no puedes vivir en una burbuja.

–No entiendes –Beth levantó la cara, pero casi no podía verlo a través de las lágrimas.

–No. Y no pretendo entenderlo. No he estado casado, y luego sido abandonado de las peor de las maneras, pero sí he amado y perdido a alguien. Se lo que es el dolor, Kirk me lo enseñó.

–Perdí... perdí a mis padres así que sé de qué hablas, pero esto es algo completamente diferente.

La miró fijamente y vio la rabia que teñía el gris de su mirada. También estaba en su voz cuando habló.

–Sí, es diferente, pero es hora de que termines con la autocompasión y que dejes de pensar que el mundo gira alrededor tuyo.

Beth quedó impactada. Nunca desde que se conocían había hablado así.

–La gente pasa por cosas peores que tú –siguió al ver que ella no respondía–. Y no estoy rebajando tu sufrimiento, pero conseguiste superarlo, has sobrevivido. ¿Quieres decirme que todo eso ha sido para nada? ¿Que vas a dejar que ese cretino ría el último? ¿Dónde está el coraje que mostraste durante el divorcio?

–¿Cómo te atreves a hablarme así? –la ira despejó

la neblina provocada por la conmoción–. ¿Cómo te atreves?

–Porque te amo, por eso. A lo mejor habría sido mejor que nos hubiéramos conocido unos años más tarde. Dieciocho meses no es mucho tiempo para superar todo eso, lo sé, pero no tiene remedio. La vida es así.

–Quiero que te vayas.

–Yo quiero muchas cosas, pero parece que no voy a conseguir ninguna tampoco –respondió Travis severo.

Beth se levantó y se encaró con él.

–Ésta es mi casa, aunque sea temporalmente, y ya no eres bienvenido –tras la fuerza de la ira, se quedó aterrorizada.

No podía mostrarse débil, no debía. Había dicho que la amaba, a lo mejor era cierto, pero eso no cambiaba el hecho de que Travis era el hombre perfecto. ¿Cómo podía ella siquiera tener la esperanza de que un hombre así se enamorara de ella? Ella no tenía lo que él quería. Era normal, no especial. Por todas partes mujeres feas o guapas, gordas o delgadas se las arreglaban para hacer que sus matrimonios funcionaran, pero ella no había sido capaz. Si no había sido suficiente para Keith, ¿cómo podía siquiera esperar ser bastante para Travis?

–¿No crees que te ame? –el rostro de Travis estaba rígido.

–A lo mejor crees que me amas –dijo con voz de angustia–. Estoy segura de que lo crees.

–Pero no estás segura –suavizó las facciones–. Sigamos hasta que estés segura. ¿Crees que podrás llegar a amarme –añadió con tranquilidad–. No debería preguntar, pero...

Beth apartó la mirada. La noche que había dejado a Keith se había vuelto un recuerdo borroso, lo que había dicho y lo turbada que se había sentido, pero una cosa sí era clara como el cristal. Entre tanto reproche y acusación le había preguntado por qué había hecho algo así, por qué había seguido con Anna a pesar de haberse casado con ella.

La había mirado y había dicho probablemente la única verdad de esa noche: «Porque podía. Porque me lo has permitido. Nunca has dudado nada de lo que te he dicho. Nunca me preguntaste nada cuando llegaba tarde o me iba de viaje de negocios. Te creíste a pies juntillas todo desde que nos conocimos».

Y cuando ella había gritado que eso era porque lo amaba y confiaba en él, la había mirado un momento antes de encogerse de hombros. Incluso en ese momento, ella lo sabía, Keith seguía siendo consciente del poder que tenía sobre ella y había sido ella, amándolo, quien le había dado ese poder desde el principio. Aquello casi había acabado con ella. Alzó el rostro, el corazón le martilleaba de miedo. Esa vez, cuando mintiera, Travis tendría que creerlo.

–No –dijo muy tranquila–. No podría amarte.

Vio lo pálido que se quedó y por un momento estuvo a punto de lanzarse a él y rogarle que la perdonara, de admitir que lo amaba más de lo que había pensado que fuera posible, que él era todo lo que buscaba en un hombre. Un miedo paralizante la detuvo. La misma emoción la hizo permanecer de pie tranquila como una roca cuando él asintió despacio.

Hubo un silencio enervante, de una intensidad terrible hasta que él dijo sin ninguna entonación:

–Entonces no hay nada más que hablar. Adiós, Beth.

Miró incrédula cómo se daba la vuelta y salía por la puerta sin mirar atrás. Harvey aprovechó para colarse en la casa y, cuando Travis cerró la puerta tras él, lloriqueó como preguntando qué había pasado.

Hasta que no oyó el motor del coche, Beth no volvió a la vida. Sin pensarlo, cruzó corriendo la habitación, abrió la puerta y gritó su nombre. El coche ya no estaba al alcance de la vista, Gritando cruzó el jardín hasta la cancela, Harvey ladraba ansioso a su lado, pero era demasiado tarde. Se había ido. Y supo que esa vez no volvería.

Capítulo 10

HICISTE eso? –Catherine la miraba completamente horrorizada.

–He terminado con Travis –repitió en tono plano–. Ayer por la mañana. Se acabó.

–Pero ¿por qué? Creía que todo iba bien. Quiero decir... –Catherine se quedó sin palabras para explicar lo que pensaba, en su lugar se derrumbó en un taburete de cocina.

Beth había llamado a la puerta de su hermana cinco minutos antes. Había hecho creer a Catherine que había ido a Londres para hacer una visita rápida hasta que su hermana hizo café y puso un plato de galletas de chocolate entre las dos. Entonces había dado la noticia y había caído como una bomba.

–Y me he vuelto a Londres. Anoche. Así que he vuelto a la vida normal.

–¿Vida normal? –Catherine sacudió la cabeza–. Vida sin Travis, quieres decir.

Oírlo así fue como un puñetazo en el estómago, pero se lo merecía. Se merecía lo peor, pensó Beth triste. Era la mayor de las cobardes y lo sabía. Travis lo había dicho y estaba de acuerdo con él. Travis, oh, Travis. Apenas podía creer que no lo volvería a ver.

–¿Qué ha hecho Travis mal? –Catherine bebió un sorbo de café y la miró.

–Me pidió que me casara con él –dijo Beth, rígida.

Catherine dio un respingo.

–¿Eso? No pensaba que fueras tan estúpida. ¿Qué más ha pasado?

–Es complicado –o terriblemente sencillo. No estaba segura.

–Conociéndote, seguro –dijo con franqueza de hermana–. Pero no me creeré que es violento o que te confesó haber asesinado a alguien con un hacha.

–Claro que no.

–Básicamente te ha dicho que te amaba y tú lo has rechazado, ¿no? Te desnuda su corazón y tú le muestras la puerta.

–Le dije que quería que termináramos antes de que me dijera que me amaba –dijo Beth sin entonación, sabiendo que no era ninguna defensa.

–Oh, qué bien –la miró fijamente–. ¿Te has deshecho de un tipo entre un millón por esa razón, Beth? Quieres decirme qué pasó, porque realmente necesito saberlo.

–No me lo estás poniendo fácil –en realidad el antagonismo de Catherine era más fácil de manejar que la comprensión.

–Normal –Catherine mordió una galleta de chocolate–. Creo que estás completamente loca. Sobre todo porque te gusta, ¿verdad? Y no lo niegues, sé que es así.

–No iba a negarlo.

–Hmm –Catherine la miró con el ceño fruncido–. ¿Te gusta o te gusta de verdad? –presionó. Beth sólo la miró, pero su expresión fue respuesta suficiente–. ¿Entonces por qué has terminado con él? –preguntó vehemente–. Beth, esto es una locura.

–Porque no funcionaría –dijo Beth tristemente.

–¿Quién lo dice? Iba muy bien cuando yo estuve allí. Te ama, tú lo amas. Te está pidiendo matrimonio... ¡Por Dios? ¿Qué es lo que no funciona?

–Catherine, no es como tú crees –Beth se frotó los

ojos que todavía no se habían recuperado del maratón de llanto–. No... no nos hemos acostado nunca, para empezar. No porque Travis no quisiera –añadió deprisa–, sino porque al principio yo le dije que necesitaba más tiempo y él se comprometió a respetar mi ritmo... –no sabía cómo explicarlo. Se frotó de nuevo los ojos y luego siguió–. Lo amo, pero no puedo arriesgarme a que todo se derrumbe otra vez. No estoy lista para una relación, mucho menos para un matrimonio. No creo que nunca lo esté. No es así como veo el futuro.

Catherine soltó una palabrota.

–Es por él, por Keith, ¿no? –rugió–. Estás permitiendo que te influya a la hora de considerar las cosas. Para decirlo alto y claro, Beth: Travis no es Keith. Seguro que lo has notado. ¿Cómo puedes permitir que Keith arruine tus posibilidades de ser feliz?

–Eso es lo que dice Travis –miró a su hermana.

–Tiene razón –apoyó la afirmación con un gesto de la cabeza.

–Travis también me ha dicho que ya era hora de acabar con mi autocompasión y que la gente pasa por cosas peores.

–¿Sí? –Catherine parecía impresionada–. Creo que también tiene razón, pero yo no habría sido capaz de decírtelo.

Demasiado incluso para los lazos de sangre. Sintiéndose extremadamente herida, Beth se puso en pie.

–¿Así que básicamente tiene razón y soy yo la que se equivoca y echa todo a perder? –dijo con voz insegura.

Catherine asintió de forma muy evidente.

–Pero estoy sorprendida, conociendo a Travis, de que haya aceptado que se ha acabado todo. Si te ama y tú lo amas, creo que es la clase de hombre que luchará con uñas y dientes. Me apuesto la vida a que no abandona.

–No... no sabe que yo lo amo –admitió Beth.

–¿No? –Catherine alzó la cejas–. ¿No se lo has dicho? ¿Ni siquiera cuando te dijo cómo se sentía?

–En realidad... le dije que no lo amaba cuando me preguntó –Beth esperó la explosión, pero no llegó.

Por una vez tuvo la satisfacción de ver a su hermana sin saber qué decir, pero en esas circunstancias no pudo disfrutarlo. Al final Catherine dijo:

–Llámalo. Llámalo y dile cómo te sientes. Ve por él, muchacha.

Era la misma idea que acudía a ella a intervalos regulares, más o menos cada treinta segundos, desde el martes por la mañana.

–No puedo –dijo agachándose a por su bolso–. Porque todavía esta ahí la razón por la que terminé con él. Lo amo, pero no confío en él, Catherine, no puedo evitarlo. Quiero confiar en él, pero cuando pienso en el futuro, me asaltan las dudas. Y no es justo para él. No es justo para nadie. ¿Te acuerdas de esa chica que conocíamos... Christine Brown? Después de que su prometido la dejara plantada, echó a perder todas sus relaciones por los celos.

–Christine era un caso de psiquiatra.

–No, simplemente estaba totalmente insegura por lo que le había pasado. Afectaba a sus relaciones. Ocurre.

–Estaba completamente insegura y de psiquiatra –dijo Catherine seca–. Tú no eres como ella. Ni de lejos.

–Pero podría ser, con Travis. Lo amo tanto, que no podría soportar que las cosas fueran mal. Al menos, de esta manera, los recuerdos serán buenos.

–Los recuerdos no dan calor por la noche –dijo Catherine práctica–. Beth, no puedes decirme que no quieres asentarte en algún momento. Tener hijos. ¿Puedes imaginarte haciendo eso con otro hombre que no sea Travis si lo amas como dices? Siempre has querido tener hijos.

Beth se dio la vuelta, era demasiado dolor lo que sentía en el alma.

–Tengo que irme –dijo poco firme–. Harvey lleva sólo en el piso algo más de una hora y tengo que llevarlo a dar un paseo.

–¿Cómo está? –Catherine la acompañó a la puerta.

–Enfurruñado, más por Travis que por la casita de campo, creo –Beth trató de sonreír, pero no pudo.

–Me gustaría que mamá y papá estuvieran aquí –dijo quebrándosele la voz–. Habrían sabido qué decir. Yo lo estoy haciendo mal, estropeándolo más.

–Oh, Cath, claro que no –estaba haciendo sentirse tan mal como ella a toda la gente que tenía alrededor.

Abrazó a su hermana y las dos se quedaron así un momento. Cuando se separaron, las dos tenían las mejillas húmedas.

–Haz algo por mí –Catherine la miró con un gesto de voy a decirlo aunque me odies.

–¿Qué? –preguntó Beth en guardia.

–Vete a ver a Keith –dijo Catherine con firmeza.

–¿Qué? –era lo último que hubiera esperado de su hermana–. ¿Estás loca? ¿Para qué demonios voy a ir a verlo? No quiero siquiera respirar el mismo aire.

–Para librarte de los fantasmas que no desaparecerán de otra manera. No lo has visto desde la noche que te marchaste y creo que es un gran error. Han pasado muchas cosas desde entonces. La muerte de mamá y papá, el horrible juicio, Anna en tu puerta... Si hubieras buscado orientación después del divorcio en lugar de trabajar noche y día, seguramente tendrías la cabeza en su sitio ahora.

–No necesito orientación –dijo Beth con vehemencia.

–Sí, la necesitas –Catherine hizo un gesto con el dedo reminiscencia de la infancia.

Beth tuvo el mismo impulso de sacar la lengua, pero dijo:

–Sé que tratas de ayudarme...

–Pues escúchame por una vez –interrumpió Catherine–. Te voy a decir algo: nunca me gustó Keith. Era demasiado zalamero, demasiado agradable, siempre dando coba a mamá y papá y siempre diciendo algo adecuado. Nunca te habría dicho que hay gente que lo pasa peor o que ya está bien de autocompasión.

–Cath, no quiero ver a Keith. Ni siquiera sé dónde está. ¡No me importan dónde está!

–Prueba en su trabajo, seguramente seguirá allí. Si no, sabes dónde vive Anna. Vete a verla. O mira si él sigue viviendo en el mismo sitio.

–No me estás escuchando –dijo Beth con el rostro tenso.

–No, tú eres la que no me escucha –contraatacó Catherine–. Y, como las dos hemos reconocido que tú estás de psiquiatra y yo no, creo que deberías hacerme caso. Aparte de que soy la hermana mayor y soy una persona lógica y equilibrada. Francamente, ¿qué tienes que perder? Al menos prométeme que lo pensarás. Si le das vueltas, verás que tiene sentido.

Beth abrió la puerta.

–De acuerdo –dijo sin emoción–. Lo pensaré, pero no tiene sentido y no iré.

Pensó en ello todo el camino de vuelta a casa en medio de la pesadilla del tráfico londinense y, una vez hubo recogido a Harvey, durante el paseo por Hyde Park. Pensó en ello toda la tarde en su casa, tratando de olvidar lo extraña que se sentía en ese piso y los alterado que estaba Harvey. Seguía pensándolo a la mañana siguiente cuando se levantó. Y no fue consciente de que había tomado una decisión hasta que se descubrió a sí misma marcando el número del trabajo de Keith. Era un línea de directa y respondió casi de inmediato.

–Keith Wright

Por un momento, Beth estuvo a punto de dejar caer el teléfono. Una poderosa oleada de sentimientos la golpeó, pero respiró hondo y con voz muy tranquila dijo:

–Hola, Keith, soy Beth.

–¿Beth? –la sorpresa en su voz era evidente. Después de una pausa, siguió–. Beth, qué maravilloso escucharte –luego cambió al tono que siempre empleaba con ella: cálido, suave, encantador–. ¿Cómo estás?

–Bien –otra profunda respiración y fue capaz de decir–. Me preguntaba si te apetecería que nos viéramos para tomar un café a mediodía.

–Claro. Estaría fenomenal.

No había habido ni asomo de duda, ¿por qué? Beth pensó cínica que una ex esposa añadida a su lista de conquistas sería un auténtico trofeo. Se preguntó si no le llamaría la atención que lo llamara después de todo ese tiempo.

–¿Qué tal en el Bailey's? –sugirió Keith–. Te gustaba su bizcocho de chocolate, ¿te acuerdas?

Parecía que habían pasado siglos desde que solía reunirse con él a la hora de la comida en el Bailey's, un pequeño bar que servía deliciosos bocadillos y postres además de café.

–De acuerdo –miró el reloj–. ¿A las doce está bien? –solían comer pronto para tener mesa, se llenaba hasta arriba sobre la una.

–A las doce, Beth.

–Nos vemos –colgó el teléfono antes de que él prolongara la conversación y se quedó mirando al infinito. ¿Cómo se sentía? Una vez superada la conmoción de oír su voz, bien, pero sería diferente verlo en carne y hueso.

Trató de averiguar qué pretendía exactamente con ese encuentro. No estaba segura. Catherine había hablado de librarse de los fantasmas y a lo mejor tenía razón, pero ¿sería productivo ver a Keith después de todo ese tiempo o sería una caída aún más fuerte que la anterior?

Entró en su habitación y abrió el armario. Se quedó mirando la ropa sin verla. Travis le había dicho que fuera valiente y saliera de la burbuja. Iba a ver a Keith porque en su fuero interno sabía que la única forma de seguir adelante era dejar el pasado atrás y no podía hacerlo sin ese último encuentro. No sabía cuál sería el resultado, pero tenía que hacer la prueba.

A las once, se miraba al espejo, estaba satisfecha con lo que veía. El bonito vestido negro brillante acentuaba su bronceado y le daba un aire saludable. Se había dejado el pelo suelto, lo que resaltaba su brillo natural y hacía parecer más grandes sus ojos. Llevaba lo mínimo de maquillaje en parte porque no quería que Keith pensara que estaba intentando nada y en parte porque las semanas bajo el sol del verano inglés le habían dotado de un color que hacía que no lo necesitara. Para su sorpresa, parecía una mujer segura, orgullosa y bonita que tenía el mundo a sus pies.

–¡Cómo puede mentir el espejo! –dijo mientras se daba la vuelta, pero si Keith sacaba esa impresión, mejor, nada más tenía importancia.

Llegó al Bailey's a las doce en punto y Keith ya estaba sentado en una mesa para dos en uno de sus rincones favoritos. Una pareja joven había entrado al bar justo delante de ella y él no había podido verla, lo que le dio tiempo para estudiarlo. Al caminar hacia él se dio cuenta de que no era tan guapo como lo recordaba. ¿Por qué antes no se había dado cuenta de lo débiles que parecían sus labios? Era un hombre todo apariencia, nada más.

Entonces él la vio y en su boca se dibujo la sonrisa fácil que en otros tiempos había cautivado su corazón, pero que en ese momento no le hizo nada. Nada.

–Beth –se había puesto de pie–. Estás estupenda –dijo zalamero.

–Gracias –sonrió evitando el contacto físico, deslizándose rápidamente en su asiento. No devolvió el cumplido.

–No hace falta preguntarte cómo estás –siguió después de sentarse. Lo vio mirarle la mano y se preparó para la siguiente pregunta–. ¿Estás con alguien? –preguntó con el tono nostálgico que siempre le funcionaba con ella.

–Sí –bueno, estaría, se dijo, y si Travis no hubiera existido, le habría dicho lo mismo–. ¿Y tú? ¿Estás con Anna y las niñas?

La miró como si no se creyera que era ella. Y entonces, ella ya no se sintió como la Beth que él había conocido y eso la llenó alegría. Realmente había salido de todo aquel sórdido lío.

Un momento después, Keith consiguió decir:

–Anna ya no vive en Inglaterra. Conoció a alguien... creo que se casó con él. Viven en los Estados Unidos, en Michigan, creo. O algo así.

–¿Y las niñas? –preguntó con tranquilidad.

–Con su madre –por un momento casi sintió lástima de él. Casi.

Travis tenía razón, Keith acabaría siendo un viejo solo. Tenía en la punta de la lengua decir que se alegraba por Anna porque era cierto, pero habría parecido jactancioso. En su lugar bebió un poco de café que él había pedido cuando aún no había llegado, miró el bizcocho de chocolate y le preguntó por su trabajo. Mantuvo la conversación en asuntos generales el tiempo que le llevó tomarse el café. No tocó el bizcocho. Entonces se puso de pie, le tendió la mano y le dijo:

–Adiós, Keith. Me mudo a vivir lejos, así que no creo que volvamos a encontrarnos.

Estaba tan sorprendido, que tardó unos segundos en reaccionar.

–¿Te vas ya? –dijo murmurando–. Pensaba... bueno cuando me llamaste pensé que... ¿Por qué me has llamado?

–Para cerrar un capítulo antiguo de mi vida y poder entrar en el nuevo con todo mi corazón –dijo sonriendo–. Ya me conoces. Soy de todo o nada. No sé funcionar de otra manera.

Aceptó el limpio apretón de manos y se las arregló para preguntar.

–¿Quién es él?

–Nadie que tú conozcas –amplió la sonrisa–. Adiós.

Salió del bar sin el peso que había llevado encima los último dieciocho meses. Estaba eufórica y sabía que debía de estar sonriendo como un gato porque la gente que pasaba la miraba, incluso alguno le devolvió la sonrisa. Había sido estúpida, muy estúpida, pensaba mientras caminaba, pero no había soltado realmente amarras hasta ese momento. No podía seguir permitiendo que un tipo inmoral le arruinara la vida. Travis era la antítesis de Keith y tenía que confiar en eso o se pasaría aferrada a su pasado el resto de la vida.

Paró un taxi y, ya de camino a casa, se relajó en el asiento trasero. Travis le había dicho que era el amor de su vida, que nunca amaría a nadie igual y que quería casarse con ella. Había sido increíblemente paciente con ella y la había obligado a enfrentarse a sus miedos y vencerlos. Era todo lo que quería en el mundo y le había dicho que no lo amaba.

¿Podría perdonarla? Sintió un escalofrío a pesar de que hacía calor. ¿Cómo había podido siquiera pensar que podría pasar el resto de su vida sin él? ¿Qué iba a hacer?

Capítulo 11

AL final de la tarde, Beth sabía exactamente lo que iba a hacer. Había dicho a Keith que era un chica de todo o nada y era cierto. Había cometido un monumental error rechazando a Travis y sólo un igualmente monumental acto de arrepentimiento podía repararlo. Tenía que demostrarle que era verdad que lo amaba, que lo quería desde hacía tiempo, pero que estaba demasiado asustada y era demasiado terca como para reconocerlo. Tenía que poner toda la carne en el asador. A la mañana siguiente, llamó a John Turner a las nueve en punto.

–¿John? Soy Beth –dijo después de que su secretaria la pasó con él–. ¿Has vuelto a alquilar Herb Cottage?

–Por suerte, no. Ya habías pagado seis meses de renta así que no hay prisa, ¿por qué?

–Vuelvo –esperó en silencio su reacción.

–Muy bien –una pausa–. ¿Por cuánto tiempo? –preguntó precavido–. ¿Quieres acabar los seis meses?

Beth se dio cuenta de que pensaba que era una loca. No podía reprochárselo. Cuando le había devuelto las llaves le había dicho que era una decisión firme, que podía volver a alquilar la casa.

–Por lo que queda de contrato y posiblemente otros seis meses si está disponible. Voy a... vender mi casa de Londres y empezar a buscar trabajo en esa zona.

–Ya. Creía... –se paró en seco–. ¿Lo sabe Travis? –preguntó después de un silencio incómodo.

Era evidente que los rumores en Shropshire volaban.

–Lo sabrá pronto.

–Bien –de nuevo una larga pausa–. Travis es un buen hombre, Beth. Odio verlo mal.

–Yo también, John –dijo Beth con suavidad.

La siguiente llamada fue al estudio donde trabajaba. Después de hablar con el socio mayoritario, quien fue maravillosamente comprensivo, Beth se comprometió a enviar una dimisión por escrito y él le prometió unas referencias brillantes.

No estaba muy preocupada por eso, pero se lo agradeció. La venta de su piso supondría que tendría independencia económica, incluso aunque no encontrara trabajo inmediatamente, pero se sentía preparada para trabajar en cualquier cosa, en una tienda, un bar, lo que fuera.

Esa misma tarde, puso el piso en manos del agente inmobiliario que se lo había vendido a ella. Después llamó a su hermana y le explicó todo. Cuando recobró la capacidad de palabra, Catherine se ofreció a guardarle los muebles en su trastero o en el garaje.

De inmediato, los engranajes se pusieron en marcha. Beth se sentó a mirar los tejados de la ciudad mientras el cielo cambiaba del azul al rojo. John le había prometido dejarle la llave debajo de un tiesto para cuando llegara esa noche. Tenía el equipaje hecho. Miró por última vez su piso. Harvey, que actuaba como si supiera que pasaba algo, se colocó a su pies.

–Una última cosa –dijo al perro–. Lo más importante. Mantén tus pezuñas alejadas de mí, Harvey.

Llamó al móvil de Travis con el corazón desbocado. Cada señal de llamada le parecía una eternidad, hasta que oyó su voz, profunda y rica. Era un mensaje grabado y, para su propia sorpresa, rompió a llorar. Varios pañuelos de papel después, volvió a intentarlo y esa vez consiguió esperar al pitido.

–Soy Beth, Travis. Necesito hablar contigo. Lo siento. Lo siento tanto. He sido una idiota. Tienes razón, la gente pasa por cosas mucho peores que yo y he caído en la autocompasión y en un montón de cosas más. ¿Podrás perdonarme alguna vez? Entenderé que no puedas –respiró hondo–. No, no lo entenderé –se retractó inmediatamente– porque has dicho que me amabas y eso significa que por muy estúpida que haya sido, me amas... –estaba llorando otra vez pero entre gemidos pudo seguir–. Vuelvo a la casita de campo. Me quedaré allí. No quiero irme. Yo...

El pitido le dijo que se le había acabado el tiempo y se quedó embobada mirando el teléfono. ¿Le había dicho que ella también lo amaba? No era capaz de recordarlo. Debía de haberlo hecho, o a lo mejor no...

No podía volver a llamar por teléfono llorando tal como estaba. Llamaría al día siguiente. Llamaría hasta que él atendiera el teléfono.

Diez minutos después, Harvey y ella estaban en el coche saliendo de Londres. Aún no era completamente de noche aunque sí lo sería cuando llegara. Se moría de ganas de estar en la casa de campo. Se había sentido completamente extraña en la ciudad, era como si siempre hubiera vivido en aquel tranquilo lugar.

La casa le resultó terriblemente familiar cuando aparcó el coche en el jardín delantero. Se sentía como de vuelta al hogar. Soltó a Harvey y recogió la llave de debajo de la planta. Metió el equipaje mientras Harvey inspeccionaba el jardín. Acababa de colocar en la nevera las últimas cosas cuando Harvey empezó a ladrar.

¿Travis? Corrió a la puerta, salió y vio a Harvey con el hocico metido en una esquina del jardín ladrando e ignorándola totalmente cuando lo llamaba. Sería un erizo, Harvey ya había tenido algún encuentro con ellos del que siempre salía intacto el erizo y Harvey con alguna púa en el hocico. No le apetecía nada tener que volver a llevarlo al veterinario, así que se puso los zapatos y fue a buscarlo. A medio camino se dio cuenta de la terrible realidad. La puerta se había cerrado. La llave estaba dentro. El coche estaba cerrado. Había vuelto a hacerlo.

Intentó abrir la puerta aunque sabía que era inútil. Durante un segundo, Beth no supo si reír o llorar. Al final no hizo ninguna de las dos cosas. Después de agarrar a Harvey y sacarlo de allí, se sentó en las escaleras y consideró las opciones. No le llevó mucho.

Era justo pasada la medianoche del viernes. Una hermosa noche de luna de verano, aunque haría frío al amanecer y no llevaba ni una chaqueta para echarse encima de la camiseta y los pantalones. Podía sentarse bajo los árboles y luego caminar por la mañana al pueblo, o ir andando a casa de Travis en ese momento y ver si había ido a pasar el fin de semana. Volver a pedirle su amparo. Un par de minutos después, el perro y ella emprendían la marcha por la pista con cuidado, o al menos ella, Harvey corría hacia todos lados como un demente. Beth trataba de no pensar en qué iba a decirle a Travis si estaba en casa. Ayudaba que tenía que concentrarse para no caerse en la oscuridad. De pronto las puertas estaban ante ella, había llegado. Y había luz en el piso de abajo y dos vehículos en la puerta. ¿Dos? Beth miró por encima de la cancela. El Mercedes y un Range Rover. Travis tenía visita. El estómago se le hizo un nudo. No podía ser una mujer. Cerró los ojos con fuerza antes de volver a abrirlos. Sintió deseos de darse la vuelta y largarse. Era el momento de la verdad, se dijo. ¿Creía en o no él?

Cruzó el jardín, pasó al lado de los coches. Harvey corría delante, encantado por el lugar donde había terminado el paseo. Se quedó de pie frente a la puerta. Tocó el timbre y esperó. Harvey se sentó expectante a sus pies. Oyó la profunda voz de Travis llamando a alguien dentro de la casa justo antes de abrir. Un segundo después, lo tenía delante. Y la miraba, pálido. Como si no supiera quién era. O como si no quisiera saberlo. ¿Habría decidido olvidarse de ella?

–Hola, Travis –dijo reuniendo todo el coraje que le quedaba.

La palidez desapareció y con voz estrangulada dijo:

–Beth. No estaba seguro de si mi cabeza me estaba jugando una mala pasada. Pensaba que estabas en Londres –la miró con los ojos entornados.

Harvey se había colado en la casa y un momento después una voz femenina gritó:

–¡Travis! Hay otro perro.

Beth no era consciente de que se le había ido el color de la cara, pero Travis la agarró de la muñeca y dijo con voz tranquila:

–Es mi veterinaria –antes de gritar–. Harvey ven aquí –el perro apareció de inmediato y se quedó a la altura de Travis–. Lo pondremos con Sheba en mi despacho –y lo metió tras una puerta cerrada–. Ahí quieto. Ahora vuelvo.

Volvió a donde se había quedado Beth paralizada.

–¿Pensabas que había una mujer aquí?

Las palabras eran una cosa, la pregunta que había detrás era otra. Lo miró fijamente. Tenía que manejar esa situación con cuidado. La mujer era una veterinaria, lo que implicaba que pasaba algo con Sky.

–La hay –dijo tranquila–. ¿Qué pasa?

–¿Pensabas que tenía una cita? –insistió.

–Sólo por un momento –no iba a mentir. No volvería a mentir a Travis nunca más–. Como no me devolviste la llamada de teléfono y después oí una voz femenina... ¿qué quieres que pensara? Te rechacé, no podría recriminarte que tuvieras una cita. Tendrías todo el derecho.

–¿Una llamada? –hizo un gesto con las cejas–. ¿Qué llamada?

–Te he llamado al móvil antes.

–Estará en el coche –la miró y respiró hondo–. ¿Por qué has llamado? –preguntó con suavidad.

–Para decirte que te había mentido. Que te amo. Que hace mucho que te quiero pero que me daba miedo admitirlo...

La interrumpió abrazándola y besándola. Su boca estaba áspera, pero a ella no le importó. Había pensado que tendría que rogarle y convencerlo de que la escuchara, pero sólo le había llevado dos palabras. Dos palabras que debería haber pronunciado días antes. Se colgó de él y lo besó con todo el corazón con alivio y amor.

–¿Travis? –su nombre llegó de algún lugar más allá del mundo de los dos.

Se separó de ella y dijo:

–Es Sky, tengo que ayudar...

–Vamos –dijo Beth sin aliento.

No sabía lo que se encontraría mientras seguía a Travis a la cocina, pero desde luego no esperaba ver a Sky en una gran cesta con cuatro diminutos cachorros en una caja recubierta de toallas. La veterinaria, una atractiva mujer de mediana edad a la que Beth creyó reconocer vagamente, los miró y sonrió.

–Acaba de salir el último. El problema era el macho grande que venía el primero. Una vez fuera, no ha habido dificultades con sus hermanas.

–Oh, son preciosos –dijo Beth al verlos–. No me lo habías dicho –añadió suavemente a Travis.

–No lo sabía –dijo la veterinaria–. He recibido una llamada histérica hace un rato para decirme que Sky parecía encontrarse muy mal y que actuaba de modo extraño. Ha sido un alivio descubrir que estaba de parto.

–Es todo pelo –por primera vez desde que lo conocía veía a Travis avergonzado–. Las dos son como osos, ¿no? –apeló a las dos mujeres–. Creía que estaba engordando, las dos comen como caballos...

–Osos, caballos... –la veterinaria reía mientras se ponía de pie–. Bueno, Travis, has añadido a la familia cuatro cachorros en perfecto estado de salud. ¿Quién es el afortunado padre? ¿Lo conozco?

Travis miró a Beth y después sonrió. Tardó un minuto en entenderlo y luego murmuró:

–¿No? ¿Es Harvey?

–El único macho con quien se han relacionado –sonrió–. Pensaba que lo veía contento algunas veces... Sólo espero que Sheba siga siendo casta y virtuosa –había pánico en su voz–. Acabo de encerrar a Harvey con ella.

–Le echaré un vistazo antes de irme –se ofreció la veterinaria –un par de minutos después, estaba de vuelta–. No te preocupes, puedes dejarlos juntos esta noche –dijo alegre–. El trabajo se hizo hace ya tiempo. Creo que un evento como el de esta noche se repetirá en unas tres semanas.

Travis cerró los ojos un instante. Beth contemplaba los cachorros que habían metido en la cesta con su madre y estaban mamando mientras Travis acompañaba a la veterinaria a la puerta. Cuando volvió a la cocina Beth dijo de inmediato:

–Lo siento tanto. Todos estos cachorros...

–La fuerza de la naturaleza –la tomó entre sus brazos y la besó en los labios–. Dilo otra vez –le susurró al oído–. Dime que me amas. Llevo una eternidad esperando oírlo.

–Te amo –susurró–. Te quiero más de lo que pensaba que era posible querer.

–¿Y confías? –la agarró de la barbilla para mirarla a los ojos–. ¿Qué pasa con la confianza?

–Eso también. Te lo prometo.

Había esperado alguna pregunta más, pero de nuevo aceptó sus palabras sin dudar. Porque confiaba en ella. John Turner tenía razón. Travis era un buen hombre. Un gigante entre los hombres, un hombre al lado del cual quería pasar el resto de su vida.

–Eres el amor de mi vida, Beth –pero había algo en su voz que hizo que se le saltaran las lágrimas–. Si me dejas, me pasaré el resto de mi vida demostrándotelo. ¿Te casarás conmigo?

–Sí –dijo mirándolo a los tranquilos ojos grises–. Oh, sí, Travis. Sí, si, sí.

Beth no quería una gran boda, sólo la familia y unos pocos amigos cercanos como Mavis y Dave. Estuvieron los dos de acuerdo en que harían una gran fiesta con todo el mundo cuando volvieran de la luna de miel.

Se casaron en la pequeña iglesia de Shropshire una templada tarde de octubre dos meses después de que Travis se lo pidiera. Después fueron todos a casa de Travis donde se había levantado una carpa en el jardín. La fiesta fue maravillosamente informal, con niños corriendo alrededor y adultos charlando o bailando con la música de un pequeño grupo.

No se le escapó a Beth que todas las mujeres presentes, incluidas las casadas, no le quitaban los ojos de encima a Travis, pero a ella no le importaba, Travis era suyo, para siempre. Estaba completamente segura de eso.

Los cachorros, nueve, de todos los tamaños, fueron las estrellas del día para los niños. Beth y Travis se quedarían dos hembras y el resto ya tenían casas comprometidas. El más grande sería para Catherine y Michael.

–Dicen todos que eres la novia más bonita del mundo –le susurró Travis al oído mientras bailaban una canción romántica.

Era cierto. El vestido color marfil era increíblemente sencillo pero del modo en que realzaba su estrecha cintura y perfecta figura, hacía que dejara sin aliento. En lugar de velo, llevaba una profusión de diminutos capullo de rosas prendidos del pelo, las mismas flores que en el ramillete que llevaba en la mano.

La mirada de Travis cuando se acercaba al altar hizo que los ojos de las mujeres presentes se inundaran de lágrimas.

–¿Cuándo crees que se marcharán todos? –murmuró él en el hueco que había bajo la oreja haciendo que una oleada de excitación la recorriera–. ¿Pronto? ¿Muy pronto?

–Seguro que tardan siglos. Todo el mundo lo está pasando bien.

–Entonces tendremos que despedirnos y marcharnos.

–No podemos –Beth estaba preocupada de verdad–. ¿Qué va a pensar la gente?

–Que no puedo esperar para tenerte y, maldita sea, tienen razón –respondió Travis–. Vámonos.

Sandra y la madre de Travis, su padrastro, para alivio de todos, no había ido a la boda, se quedarían en la casa a cargo de los perros hasta que volvieran de la luna de miel en Italia. Travis había reservado una suite en un hotel cercano desde donde saldrían directos para Italia por la mañana.

–De acuerdo –susurró Beth.

Sería la primera vez que estarían juntos y lo deseaba tanto como él. El resto daba lo mismo.

La noche que habían nacido los cachorros se había ofrecido a acostarse con él, pero le había dicho:

–Gracias por tu amor y por confiar en mí, cariño. Te deseo más de lo que se puede describir con palabras, pero vamos a hacer las cosas bien. No voy a pretender que no me he acostado con ninguna mujer antes, pero tú eres diferente, esto es diferente. El resto de nuestra vida empieza ahora y lo vamos a empezar bien. Quiero que seas mi esposa, la madre de mis hijos –ella había asentido ligeramente desconcertada–. Una vez dicho eso, mi nobleza no va mucho más lejos –siguió sarcástico–. Éste será un noviazgo corto, ¿de acuerdo? Muy corto.

Salieron de la casa en el coche en medio de una lluvia de arroz y confeti después de que Sandra se hiciera con el ramo que Beth había lanzado desde el taxi..

Cuando se bajaron del taxi, la fragancia del humo de leña resultaba cálida en la tarde de otoño, el cielo era de terciopelo taladrado por las estrellas e inundado por la luz de la luna. Travis rodeó su cintura con un brazo mientras contemplaban la luna llena de otoño.

–Habrá otras noches como ésta –murmuró él mientras el silencio de la noche los envolvía–. Una vida entera de ellas. Y un día, cuando los niños hayan crecido y se hayan marchado y estemos los dos solos de nuevo, te recordaré esta noche. Te diré lo hermosa que eres y cuánto te quiero. Lo afortunado que soy.

–Y yo te diré que me salvaste –susurró Beth–. Y que te quiero más que a la vida.

La suite era suntuosa y moderna en tonos crema y oro. Había una botella de champán metida en hielo, y una enorme cesta de fresas.

La desnudó despacio, retrasando cada momento largamente esperado. Cuando el vestido cayó al suelo, Beth dio un paso fuera de él y lo abrazó.

–Quiero que me hagas el amor –le dijo muy seria–. Lo he deseado desde el día que te conocí.

–¿Por qué hemos tardado tanto si los dos teníamos lo mismo en la cabeza? –dijo sonriendo.

Al momento, el mundo se nubló y dejaron que sus cuerpos hablaran por ellos, buscándose el uno al otro con avaricia. Travis se quitó la ropa con la ayuda de una Beth enfebrecida. Los dos estaban desnudos, transportados por el aroma y la sensación del otro mientras se balanceaban juntos en el centro de la enorme habitación.

Dejando que su cuerpo hablara por ella, Beth movía las caderas contra las de él y su aliento se convirtió en un gemido mientras Travis recorría con su boca el camino que iba desde sus labios hasta los redondos pechos. También él estaba completamente excitado pero mostró el mismo control que otras veces mientras la besaba y la acariciaba hasta que ella perdió los últimos restos de control. La llevó a la cama y la tumbó en medio de las almohadas y las sábanas y siguió el sensual asalto murmurando palabras de amor y pasión hasta que ella dejó de ocultar la necesidad que tenía de que la llenara. Pero todavía no la poseyó, sino que siguió besando cada centímetro de su cuerpo hasta despertar una ola de primitiva necesidad que hizo que lo rodeara con las piernas rompiendo con ello la última rienda de control que Travis tenía sobre su propio deseo.

Gimió cuando entró en ella. No había pensado que pudiera existir una intensidad semejante de placer, pero cuando el fiero ritmo se fue incrementando, llegó hasta lugares donde nunca había estado, un sitio donde sólo estaban ellos dos y el resto del mundo no existía.

Parecía que habían pasado años cuando pudo moverse y abrir los ojos, cuando lo hizo allí estaban los ojos grises esperándola.

–Bueno, señora Black –le recorrió un lado de la cara con la yema de un dedo–. ¿Ha valido la pena esperar?

–No sabía... –murmuró ligeramente–. Nunca antes...

–Es el premio gordo, amor mío –murmuró sonriendo–. El cielo en la tierra. Sucede cuando se es parte de un todo perfecto.

–¿Sabías que sería así?

–Si la pregunta es si alguna vez he llegado a algo cercano a esto, la respuesta es no –la abrazó–. Eres todo lo que siempre he soñado, todas mis fantasías. Mi perfecta, mi hermosa, mi sorprendente Beth –la besó–. Para siempre –le susurró en el ruborizado rostro–. ¿Te preocupa? ¿Te asusta? Puedes decírmelo, no me importa.

–Claro que no.

El amor que había en sus ojos ya era respuesta suficiente para él.

–¿Han desaparecido los temores?

–No tenían ninguna oportunidad una vez que te conocí.

–Voy a compensar cada minuto de tristeza que hayas tenido –de pronto se puso terriblemente serio–. No puedo cambiar el pasado, cariño, pero puedo hacer que nuestro futuro sea maravilloso. Vamos a ser la pareja más feliz del mundo, ¿lo crees? –le dijo en los labios–. ¿Lo sientes dentro de ti?

Ella asintió. Sus manos estaban haciendo magia de nuevo y empezaba a costarle hablar. Sus brazos la rodearon y sus cuerpos se fundieron. Supo que no necesitaba nada más que a ese hombre a su lado el resto de su vida.

Mucho más tarde, se quedaron dormidos cada uno en los brazos del otro. Dos vidas unidas para la eternidad, dos corazones latiendo al unísono. A pesar de todas las dificultades, se habían encontrado uno a otro. El sueño se había hecho realidad.